哈福

易學！ 暢銷！

我的第一本
印尼語會話

初學印尼語自學成功手冊

阿麗拉斯密 著

哈福

3天學會基礎印尼語

　　我們觀察發現能把外語學好的人，重要的關鍵就在「動機」、「興趣」、「方法」、「教材」。印尼政府擬立法要外商學印尼語，因為工作或商貿的需要，台商能懂些印尼語，也不怕中間的翻譯有問題。巴里島著名的美容SPA之旅、浪漫的度蜜月勝地，洋溢濃濃的異國風情，難得去觀光購物若因語言不通，就不敢到處逛逛那真可惜。在現今的社會讓自己具備多種語言能力，才能提高競爭力，觀光、經商、工作都能更便利。

　　語言的重要性在於溝通和實用，能夠正確的溝通就達到學習目的。最實用的語言就是生活會話，想要學好道地印尼語，本書從日常生活中的情境切入，內容分28章，從字母發音開始介紹，囊括食衣住行各種狀況，學習外語從最道地、最實用、最好學的語句開始，「30秒記住這個說法！」日常會話句句實用超簡單；「一說就會練習區」加強句型練習、舉一反三；「聊天室」設計人物情節對話，加深學習印象；「單字易開罐」精華單字一網打盡，可以更靈活的運用。

　　印尼文部分特加上拼音，懂中文就能開口說印尼語，易學易懂，可以馬上套用，看中文或拼音，就能立刻說印尼語，完全沒有學習的負擔，開口流利又道地，輕鬆學好印尼語。幫助讀者快速學習，達到溝通目的。短時間&高效率學習日常生活會話，很快的就能流利開口說印尼語。

　　書中特別整理「旅遊豆知識」，做為讀者學習的充電站，收集印尼購物、觀光、飲食、風土人情的最新情報，提供讀者

對印尼有初步的認識，極富閱讀價值和趣味 。

　　語言的學習要透過多聽、多讀、多寫、多説，只要掌握竅門，就能暢説自如。學語言最好是在當地的環境，學習效果最佳，如果沒有良好的學習環境，為了讀者朋友自學上的實際需求，本書特聘印尼籍專業老師，錄製道地的印尼語，請您多聽MP3內容、邊反覆練習，學習標準的發音和聲調，發揮最佳效果。錄音內容為中文唸一遍、印尼文唸兩遍，第一遍為正常速度、第二遍唸稍慢，以利讀者覆誦學習，有助你掌握實際的發音技巧，加強聽説能力，學好純正的印尼語。

　　不用上補習班，有此一書，搭配MP3學習，效果事半功倍，就好像請了一位免費的印尼語家教，是你自學印尼語的好幫手。請讀者注意錄音老師的唸法，跟著老師的發音，才能講出最標準的語調，反覆練習，自然説出一口純正的印尼語。

本書特色～例句生活化 會話口語化	
你可以說	標註中文拼音，懂中文就會説印尼語，阿公、阿婆也能輕鬆開口説。
也可以聽	中文、印尼文、中文拼音對照超實用，快速溝通有一套。
一指也能通	印尼文不熟沒關係，你指中文、他看印尼文嘛耶通。

印尼語輕鬆入門

印尼語簡介

印度尼西亞語簡稱「印尼語」，以拉丁字母為拼音文字，共有26個字母。印尼語在馬來語的基礎上發展，在過程中吸收英語、爪哇語等，屬於南島語系。目前印尼語和馬來語大體相同，只有少數詞義和發音不同，可以相通。

印度尼西亞共和國在1945年，在憲法中正式將印尼語訂為國語。

印尼語字母及發音

MP3-2

大寫	小寫	發音	大寫	小寫	發音
A	a	a	N	n	én
B	b	bé	O	o	o
C	c	cé	P	p	pé
D	d	dé	Q	q	ki
E	e	é	R	r	ér
F	f	éf	S	s	és
G	g	gé	T	t	té
H	h	ha	U	u	u
I	i	i	V	v	fé
J	j	jé	W	w	wé
K	k	ka	X	x	éks
L	l	él	Y	y	yé
M	m	ém	Z	z	zét

PART 1
歡 樂 暢 說 篇

Chapter 1

你好！
Apa kabar!

阿巴 嘎巴

 30 秒記住這個說法！

1 Selamat pagi
使拉媽 巴ㄍㄧ
早安。

....

2 Apa kabar.
阿巴 嘎巴
你好。

....

3 Selamat siang!
使拉媽 西骯
午安！

....

4 Selamat malam
使拉媽 媽爛
晚安！

....

5 Sudah makan belum?

書答 媽敢 ㄅ論

吃飯了沒有？

---

6 Kebetulan sekali bertemu dengan anda.

個ㄅ都爛 使嘎里 ㄅ得母 等安 安答

真巧遇到你。

7 Mau kemana?

媽午 個媽那

去哪裡呀？

---

8 Mau keluarkah?

媽午 個路阿嘎

出去嗎？

---

9 Selamat tinggal.

使拉媽 定嘎

再見。

---

10 Lain kali ada waktu ngobrol lagi.

拉音 嘎里 阿答 哇度 ㄛ播 拉ㄍㄧ

有空再聊。

❶ apa kabar, Selamat pagi!
阿巴 嘎巴，使拉媽 巴《一
你好，早安！

apa kabar, Selamat siang!
阿巴 嘎巴，使拉媽 西骯
你好，午安！

apa kabar, Selamat malam!
阿巴 嘎巴，使拉媽 媽爛
你好，晚安！

❷ Pak Hasan, apa kabar.
爸 哈山，阿巴 嘎巴
哈桑先生，你好。

Bu Hasan, apa kabar.
不 哈山，阿巴 嘎巴
哈桑太太，你好。

Siti, apa kabar.
西地，阿巴 嘎巴
西蒂，你好。

❸ Sangat senang bisa berkenalan dengan anda.

傷阿 使南 比沙 ㄅ個那爛 等安 安答

好高興認識您。

Sangat senang bisa berkenalan dengan anda semua.

傷阿 使南 比沙 ㄅ個那爛 等安 安答 使母阿

好高興認識大家。

❹ Bagaimana kabar anda akhir-akhir ini?

巴該媽那 嘎巴 安答 阿ㄏㄧ-阿ㄏㄧ 一匿

你最近好嗎？

Bagaimana kabar keluarga anda akhir-akhir ini?

巴該媽那 嘎巴 個路阿嘎 安答 阿ㄏㄧ-阿ㄏㄧ 一匿

你家人最近好嗎？

Bagaimana kondisi perusahaan mereka akhir-akhir ini?

巴該媽那 鍋恩地西 ㄅ路沙哈安 ㄇ勒嘎 阿ㄏㄧ-阿ㄏㄧ 一匿

他們公司最近好嗎？

聊天室

Siti : Selamat pagi!
使拉媽 巴《一

Arina : Selamat pagi!
使拉媽 巴《一

Siti : Sangat senang bertemu dengan anda.
傷阿 使南 ㄅ得母 等安 安答

Arina : Saya juga.
沙亞 朱嘎

西蒂： 早安！
阿麗娜：早安！
西蒂： 很高興見到您。
阿麗娜：我也是。

Siti : Bagaimana kabar anda akhir-akhir ini?
巴該媽那 嘎巴 安答 阿厂一阿厂一 一匿

Arina : Tidak buruk, terima kasih atas perhatian anda, bagaimana dengan (kabar) anda?
地答 不路，得里媽 嘎西 阿答斯 ㄅ哈地安 安答，巴嘎媽那 等安 嘎巴 安答

Siti : Saya baik-baik saja, mobil saya sudah datang, lain kali sambung ngobrol lagi.
沙亞 巴意巴意 沙扎，模比 沙亞 書答 搭檔，拉印 嘎里 山不ㄥ ㄛ播 拉《一

西蒂： 你最近好嗎？
阿麗娜：還不錯，謝謝關心，你呢？
西蒂： 我還好，我車子來了，改天再聊吧。

Arina： Selamat tinggal.　　　　阿麗娜：再見。
　　　　使拉媽 定嘎

單字易開罐		
印尼文	拼音	中文
Selamat pagi	使拉媽 巴ㄍㄧ	早安
Selamat siang	使拉媽 西骯	午安
Selamat malam	使拉媽 媽爛	晚安
keluar	個路阿	出去
pulang / kembali	不浪 / 跟八哩	回來
perhatian	ㄅ哈地安	關照
ada waktu	阿答 哇度	有空
tidak ada waktu	地答 阿答 哇度	沒空
menanyakan kabar	ㄇ那娘敢 嘎巴	問候
saya	沙亞	我
kamu	嘎母	你
dia	地亞	他
kita	ㄍㄧ答	我們
mereka	ㄇ勒嘎	你們

Chapter 2

您貴姓大名呀？
Siapa nama anda?

西阿巴 那媽 安答

 30 秒記住這個說法！

1 Kita pertama kali bertemu.
ㄍ一答 ㄅ答媽 嘎里 ㄅ得母
我們是第一次見面。

2 Salam,salam.
沙爛，沙爛
幸會，幸會。

3 Apa kabar?
阿巴 嘎巴
你好嗎？

4 Bagaimana saya harus memanggil anda?
巴該媽那 沙亞 哈路斯 ㄇ忙ㄍ一 安答
怎樣稱呼？

5 Apa marga anda?

阿巴 媽嘎 安答

請問貴姓？

6 Apa nama anda?

阿巴 那媽 安答

你叫什麼名字？

7 Siapa kamu?

西阿巴 嘎母

你是誰？

8 Saya orang Taiwan.

沙亞 乙浪 代灣

我是台灣人。

9 Mohon banyak petunjuk.

模火恩 巴那 ㄅ敦朱

請多多指教。

10 Senang bisa berkenalan dengan anda.

使南 比沙 ㄅ個那爛 等安 安答

很高興認識你。

Chapter 2

您貴姓大名呀？

❶ Apakah anda Pak Hasan?

阿巴嘎 安答 爸 哈山

你是不是哈桑先生呀？

Apakah anda Siti?

阿巴嘎 安答 西地

你是不是西蒂呀？

Apakah anda Arina?

阿巴嘎 安答 阿里那

你是不是阿麗娜呀？

❷ Anda orang mana?

安答 乙浪 媽那

你是哪裡人？

Anda berasal dari negara mana?

安答 ㄅ阿沙 答理 呢嘎拉 媽那

你是哪國人？

❸ Saya orang Taiwan.

沙亞 乙浪 代灣

我是台灣人。

Saya orang Indonesia.
沙亞 乙浪 印多呢西亞
我是印尼人。

Saya orang Indonesia keturunan cina.
沙亞 乙浪 印多呢西亞 個都路南 機那
我是印尼華僑。

Saya orang Amerika.
沙亞 乙浪 阿ㄇ里嘎
我是美國人。

Saya orang Jepang.
沙亞 乙浪 知幫
我是日本人。

❹ Teman saya orang Hongkong.
得慢 沙亞 乙浪 洪公
我朋友是香港人。

Teman saya orang Indonesia.
得慢 沙亞 乙浪 印多呢西亞
我朋友是印尼人。

Teman saya orang Thailand.

得慢 沙亞 ㄛ浪 代爛

我朋友是泰國人。

Teman saya orang Vietnam.

得慢 沙亞 ㄛ浪 ㄈ一ㄜ南

我朋友是越南人。

聊天室

Siti : Siapa nama anda?

西阿巴 那媽 安答

Arina : Nama saya Arina, anda?

那媽 沙亞 阿麗娜，安答

Siti : Siapa dia?

西阿巴 地亞

Arina : Dia teman saya Pak Hasan.

地亞 得慢 沙亞 爸 哈山

西蒂： 你叫什麼名字？

阿麗娜：我的名字是阿麗娜，你呢？

西蒂： 他是誰？

阿麗娜：他是我朋友哈桑先生。

聊天室

Siti : Apa pekerjaan anda?
阿巴 ㄅ個扎安 安答

Arina : Saya sales perusahaan perdagangan, anda?
沙亞 沙勒斯 ㄅ路沙哈安 ㄅ答當安，安答

Siti : Saya sekretaris perusahaan.
沙亞 使個搭里斯 ㄅ路沙哈安

Arina : Pak hasan seorang pengacara.
爸 哈山 使ㄛ浪 崩阿扎拉

Siti : Senang berkenalan dengan kalian.
使南 ㄅ個那爛 等安 嘎里安

Arina : Saya juga.
沙亞 朱嘎

西蒂： 你做什麼工作的？
阿麗娜：我是貿易公司業務員，那麼你呢？
西蒂： 我是公司秘書。
阿麗娜：哈桑先生是一位律師。
西蒂： 很高興認識你們。
阿麗娜：我也是。

Chapter 2

您貴姓大名呀？

旅遊豆知識

lovina海灘及Yeh Sanih溫泉

　　從Kuta或Ubud都可搭車出發到lovina海灘，在這裡是一片黑沙景觀，愛好潛水者都喜歡聚集到lovina，此地珊瑚礁、熱帶魚等海底風光美不勝收，當然也可乘坐小船潛入海中觀賞魚群，別有一番滋味。

　　Yeh Sanih是一天然溫泉，位於Singaraja東方，周邊還有許多別墅、餐館，可以到這裡好好放鬆一下。

單字易開罐		
印尼文	拼音	中文
marga	媽嘎	貴姓
nama	那媽	姓名
Tuan/Bapak	度安/趴巴	先生
nona	諾那	小姐
nyonya	尼乙你阿	太太
apa	阿巴	什麼
Indonesia	印多呢西亞	印尼
Malaysia	馬來西亞	馬來西亞
Hongkong	洪共	香港
Taiwan	代灣	台灣
Jepang	知幫	日本
Singapura	新嘎坡	新加坡
Thailand	代爛	泰國
Vietnam	匚一ㄜ難	越南
Korea	鍋勒亞	韓國
Republik Rakyat Cina	勒不必 辣亞 機納	中國
Amerika	阿ㄇ里嘎	美國
Inggris	英格里斯	英國

印尼文	拼音	中文
Prancis	ㄅ爛機斯	法國
Belanda	ㄅ爛答	荷蘭
keturunan Cina	個都路南 機那	華僑
siswa yang bersekolah di luar negeri	西斯哇 樣 ㄅ使 鍋拉地 路阿 呢 個里	貿易公司
perusahaan perdagangan	ㄅ路殺哈安 ㄅ 答當安	貿易公司
sales	沙勒斯	業務員
sekretaris	使個答里斯	秘書
pengacara	崩阿扎拉	律師

Chapter 2 您貴姓大名呀？

旅遊豆知識

印尼縮影公園

　　在雅加達的印尼縮影公園，像是小人國一樣，園區內有27個省份以及代表建築，更可綜觀各島嶼的風情，還有許多花園、小公園、博物館等可供遊覽。除了這個景點，又如夢幻世界亦是令人樂而忘返的娛樂中心。

　　夢幻世界包括了球場、電影院、旅館、釣魚區、划船區、餐廳、保齡球館等，更有水族館的海獅及海豚表演，全家共遊夢幻世界，保證能夠盡興而歸。夢幻世界其實隸屬於查雅安可夢幻樂園內，而在查雅安可夢幻樂園裡還有一海洋世界可供參觀，裡頭也可買到一些貝殼或以海底生物為造型的紀念品。

Chapter 3

他是誰？
Siapa dia?

西阿巴 地亞

 30 秒記住這個說法！

① Pertama kali bertemu.

ㄅ答媽 嘎里 ㄅ得母

初次見面。

....

② Saya perkenalkan dulu.

沙亞 ㄅ個那敢 都路

讓我先介紹一下。

....

③ Siapa orang ini?

西亞巴 ㄛ浪 一匜

這位是誰？

....

④ Siapa dia?

西阿巴 地亞

他（她）是誰？

....

5 Dia teman saya.

地亞 得滿 沙亞

他（她）是我朋友。

6 Anda datang dari mana?

安答 搭檔 答里 媽那

你從哪裡來？

7 Anda orang mana?

安答 乙浪 媽那

你是什麼地方的人？

8 Dia datang dari Taiwan.

低阿 它當 搭哩 代灣

他從台灣來。

9 Anda bisa berbahasa Indonesia?

安答 比沙 ㄅ巴哈沙 印多呢西亞

你會不會講印尼語？

10 Sangat senang berkenalan dengan kalian.

傷阿 使南 ㄅ個那爛 等安 嘎里安

很高興認識你們。

❶ Dia teman saya.
地亞 得滿 沙亞
他是我朋友。

Dia Pak Hasan.
地亞 爸 哈山
他是哈桑先生。

❷ Ini teman kuliah saya.
一你 得慢 故里亞 沙亞
這位是我大學同學。

Ini dosen Lie.
一尼 多身 李
這位是李教授。

Ini manager Lim dari perusahaan Timur.
一尼 媽呢知 林 答里 ㄅ路沙哈安 低木
這位是東方公司的林經理。

❸ Yang mana namanya Siti?
樣 媽那 那媽娘 西蒂
哪位是西蒂呀？

Yang mana namanya Mary?
樣 媽那 那媽娘 瑪麗
哪位是瑪麗呀？

Yang mana namanya Arina?
樣 媽那 那媽娘 阿麗娜
哪位是阿麗娜呀？

Yang mana namanya Pak Hasan?
樣 媽那 那媽娘 爸 哈山
哪位是哈桑先生呀？

❹ Apakah anda kenal dengan Arina?
阿巴嘎 安答 個那 等安 阿麗娜
你認識阿麗娜嗎？

Apakah anda kenal dengan pak Hasan?
阿巴嘎 安答 個那 等安 爸 哈桑
你認識哈桑先生嗎？

Apakah anda kenal dengan nyonya Hasan?
阿巴嘎 安答 個那 等安 尼乞尼亞 哈桑
你認識哈桑太太嗎？

Apakah anda kenal dengan Siti?
阿巴嘎 安答 個那 等安 西蒂
你認識西蒂嗎？

Chapter 3 他是誰？

Siti : Siapa dia?
西亞巴　地亞

Arina : Dia teman kuliah saya Mary.
地亞　得慢　故里亞　沙亞　瑪麗

Siti : Apa kabar.
阿巴　嘎巴

Mary : Apa kabar.
阿巴　嘎巴

Siti : Anda orang mana?
安答　乙浪　媽那

西蒂：　她是誰？
阿麗娜：她是我大學同
　　　　學瑪麗。
西蒂：　你好。
瑪麗：　你好。
西蒂：　你是哪裡人？

Arina : Saya orang Taiwan.
沙亞　乙浪　代灣

Siti : Saya orang Indonesia.
沙亞　乙浪　印多呢西亞

Arina : Saya tidak begitu pandai
berbahasa Indonesia.
沙亞　地答　ㄅㄍㄧ度　半代　ㄅ巴哈
沙　印多呢西亞

Siti : Saya bisa mengajari anda.
沙亞　比沙　盟阿扎里　安答

Arina : Bagus sekali, terima kasih.
巴故斯　使嘎里，得里媽　嘎西

阿麗娜：我是台灣人。
西蒂：　我是印尼人。
阿麗娜：我不太會說印
　　　　尼語。
西蒂：　我可以教你。
阿麗娜：太好了，謝謝
　　　　你。

單字易開罐		
印尼文	拼音	中文
dia	地亞	他
saya	沙亞	我
itu	一度	那個
dimana	地媽那	哪裡
ini	一尼	這個
disini	地西尼	這裡
panggilan	幫ㄍ一爛	稱呼
apa	阿巴	什麼
memperkenalkan	們ㄅ個那敢	介紹
kenal	個那	認識
kartu nama	嘎度 那媽	名片
teman sekolah	得慢 使鍋拉	同學
dosen	多身	教授
manager	ㄇ呢知	經理
doktor	朵多	博士

Chapter 4

你會不會講印尼語？

Apakah anda bisa berbahasa Indonesia?

阿巴嘎 安答 比沙 ㄅ巴哈沙 印多呢西亞

 30 秒記住這個說法！

1 Apakah anda bisa berbahasa Indonesia?

阿巴嘎 安答 比沙 ㄅ巴哈沙 印多呢西亞

你會不會説印尼語？

2 Bisa sedikit-sedikit.

比沙 使地ㄍㄧ-使地ㄍㄧ

會一點點。

3 Bisa dengar tapi tidak terlalu pandai bicara.

比沙 等阿 答比 地答 得拉路 班太 比扎拉

聽得懂但不太會説。

4 Saya tidak bisa berbahasa Indonesia.

沙亞 地答 比沙 ㄅ巴哈沙 印多呢西亞

我不會説印尼語。

5 Bolehkah bicara pelan sedikit?

播勒嘎 比扎拉 ㄅ爛 使地ㄍㄧ

可不可以説慢一點？

6 Saya tidak dengar jelas apa yang anda katakan.

沙亞 地答 等阿 知拉斯 阿巴 樣 安答 嘎答敢

我聽不清楚你説什麼。

7 Saya tidak tahu anda bilang apa.

沙亞 地答 答午 安答 比浪 阿巴

我不知道你説什麼。

8 Tolong ulangi sekali lagi.

多龍 午浪一 使嘎里 拉ㄍㄧ

麻煩再説一遍。

9 Bagaimana cara mengucapkan ini?

巴該媽那 扎拉 盟午扎敢 一尼

這個要怎麼説？

10 Belajar bahasa Indonesia sulit atau tidak?

ㄅ拉扎 巴哈沙 印多呢西亞 書里 阿到 底答

學印尼語難不難？

1 Apakah anda bisa berbahasa Indonesia?

阿巴嘎 安答 比沙 ㄅ巴哈沙 印多呢西亞

你會不會講印尼語？

Apakah anda bisa berbahasa mandarin?

阿巴嘎 安答 比沙 ㄅ巴哈沙 滿答林

你會不會講中國話？

Apakah anda bisa berbahasa Jepang?

阿巴嘎 安答 比沙 ㄅ巴哈沙 知邦

你會不會講日語？

Apakah anda bisa berbahasa Inggris?

阿巴嘎 安答 比沙 ㄅ巴哈沙 英格里斯

你會不會講英文？

Apakah anda bisa berbahasa Prancis?

阿巴嘎 安答 比沙 ㄅ巴哈沙 半機斯

你會不會講法文？

2 Bolehkah anda bicara pelan sedikit?

播勒嘎 安答 比扎拉 ㄅ爛 使地ㄍㄧ

可不可以請你講慢一點？

Bolehkah anda mengendarai lambat sedikit?

播勒嘎 安答 盟恩答拉一 爛巴 使地ㄍㄧ

可不可以請你開慢一點？

Bolehkah anda jalan lambat sedikit?

播勒嘎 安答 扎爛 爛巴 使地ㄍㄧ

可不可以請你走慢一點？

❸ Bagaimana mengucapkan kata ini dengan bahasa Indonesia?

巴該媽那 盟午扎敢 嘎答 一尼 等安 巴哈沙 印多呢西亞

這個字用印尼語要怎麼説呀？

Bagaimana mengucapkan kata ini dengan bahasa Mandarin?

巴該媽那 盟午扎敢 嘎答 一尼 等安 巴哈沙 慢答林

這個字用中國話要怎麼説呀？

Bagaimana mengucapkan kata ini dengan bahasa Inggris?

巴該媽那 盟午扎敢 嘎答 一尼 等安 巴哈沙 英格里斯

這個字用英文要怎麼説呀？

Siti : Apa kabar, anda orang mana?

阿巴 嘎巴 ， 安答 乙浪 媽那

Arina : Saya orang Taiwan.

沙亞 乙浪 代灣

Siti : Apakah anda bisa berbahasa Indonesia?

阿巴嘎 安答 比沙 ㄅ巴哈沙 印多呢西亞

Arina : Bisa sedikit-sedikit.

比沙 使地ㄍㄧ-使地ㄍㄧ

Siti : Kalau begitu coba ucapkan beberapa kata.

嘎老 ㄅㄍㄧ度 左巴 午扎敢 ㄅㄅ拉巴 嘎答

西蒂： 你好，你是哪裡人？

阿麗娜：我是台灣人。

西蒂： 你會不會說印尼語？

阿麗娜：會講一點點。

西蒂： 那麼你說幾句來聽聽。

Arina : Baiklah, 「Apa kabar,selamat pagi！！」。

巴意拉，阿巴 嘎巴，使拉媽 巴ㄍㄧ

Siti : Anda mengucapkannya dengan baik.

安答 盟午扎敢娘 等安 巴意

Arina : Biasa-biasa saja lah.

比亞沙-比亞沙 沙扎 拉

阿麗娜：好的，「你好，早安！」。

西蒂： 你說得不錯呀。

阿麗娜：馬馬虎虎，還好。

Siti : Apakah anda bisa berbahasa Jepang.

阿巴嘎 安答 比沙 ㄅ巴哈沙 知邦

Arina : Bisa baca, tapi tidak bisa ngomong.

比沙 巴扎, 搭必 地搭 比沙 ㄛ夢

西蒂： 你會不會日文？

阿麗娜：看是可以，但說是不行的。

Chapter 4 你會不會講印尼語？

單字易開罐		
印尼文	拼音	中文
bisa	比沙	會
tidak bisa	地答 比沙	不會
berbicara	ㄅ比扎拉	說
mendengar	們等阿	聽
sedikit-sedikit	使地ㄍㄧ-使地ㄍㄧ	一點點
maaf	媽阿夫	對不起
pelan sedikit	ㄅ爛 使地ㄍㄧ	慢一點
boleh tidak	波累 地搭	可不可以
mengulang	盟午浪印	重複

印尼文	拼音	中文
sulit	書里	難
gampang/mudah	敢幫/木答	容易
simpel	新ㄅ	簡單
mengerti	盟ㄜ地	明白
bahasa Indonesia	巴哈沙 印多呢西亞	印尼語
bahasa Inggris	巴哈沙 英格里斯	英文
bahasa Mandarin	巴哈沙 慢答林	中文
bahasa Jepang	巴哈沙 知邦	日文
bahasa Perancis	巴哈沙 ㄅ爛機斯	法文

旅遊豆知識

巴里島上的皇宮建築

　　巴里島上有一些著名的皇宮如Puri Agung Kanginan 、Puri Semara Pura、Tirtha Gangga Royal Bathing Pools、Taman Ujung Water Palace等，位於Karangasem 區的Puri Agung Kanginan集合各家之建築精華，融合了中國、日本、歐洲等風味，是風格很特別的宮殿。

　　Puri Semara Pura現今所剩區域並不完整，但是天花板和柱子的雕飾依然值得欣賞，而Bale kerta Gosa(古時法庭)也可以進去一探究竟。Tirtha Gangga Royal Bathing Pools是以前皇宮貴族使用的浴池，必須付費參觀，身處此地，還可看見Lombok 海峽與Agung 火山。

Chapter 5

這些是什麼？
Apa ini?

阿巴 一尼

 30 秒記住這個說法！

1 Apa ini?

阿巴 一匿

這些是什麼？

2 Ini daging sapi yang dikeringkan.

一匿 答耕 沙比 樣 地個令敢

這些是牛肉乾。

3 Apakah buku ini milik anda?

阿巴嘎 不故 一匿 迷力 安答

這本書是不是你的？

4 Benar, buku ini milik saya.

ㄅ那，不故 一匿 迷力 沙亞

是，這本書是我的。

5 Bukan, buku ini bukan milik saya.

不敢，不故 一匿 不敢 迷力 沙亞

不是，這本書不是我的。

6 Buku ini milik dia, bukan milik saya.

不故 意匿 迷力 地亞，不敢 米力 沙亞

這本書是他的，不是我的。

7 Buku ini milik siapa?

不故 意匿 迷力 西亞巴

這本書是誰的？

8 Buku ini milik Siti.

不故 意匿 迷力 西蒂

這本書是西蒂的。

9 Buku ini bagus atau tidak?

不故 一尼 巴故斯 阿到 地答

這本書好不好看？

10 Buku anda yang bagaimana?

不故 安答 樣 巴該媽那

你的書是怎樣的？

一說就會練習區

❶ Apa ini?
阿巴 一尼
這個是什麼？

Apa itu?
阿巴 一度
那個是什麼？

❷ Ini telepon.
一尼 得勒播恩
這個是電話。

Ini televisi.
一尼 得勒匸一西
這個是電視機。

Ini kulkas.
一匡 故嘎斯
這個是冰箱。

Ini mesin cuci.
一匡 ㄇ新 朱機
這個是洗衣機。

❸ Apakah tas kulit ini bagus?
阿巴嘎 答斯 故里 一尼 巴故斯
這個皮包好不好看？

Apakah tas kulit ini mahal?
阿巴嘎 答斯 故里 一尼 媽哈
這個皮包貴不貴？

Apakah tas kulit ini cukup besar?
阿巴嘎 答斯 故里 一尼 朱故 ㄅ沙
這個皮包夠不夠大？

 聊天室

Arina :	Numpang nanya ini buku apa? 弄幫 那娘 一匿 不故 阿巴
Siti :	Ini komik. 一尼 鍋秘
Arina :	Apakah milik anda? 阿巴嘎 迷力 安答
Siti :	Bukan, buku ini bukan milik saya. 不敢，不故 一匿 不敢 迷力 沙亞
Arina :	Jadi milik siapa? 扎地 迷力 西亞巴

阿麗娜：請問這是什麼書？
西蒂：這本是漫畫書。
阿麗娜：是不是你的？
西蒂：不是，這本書不是我的。
阿麗娜：那麼是誰的？

聊天室

Arina : Buku ini milik Mary.
不故 意匯 迷力 瑪麗

Siti : Buku anda yang bagaimana?
不故 安答 樣 巴該媽那

Arina : Buku saya buku baru.
不故 沙亞 不故 巴路

Siti : Boleh pinjam saya lihat sebentar?
播勒 兵樣 沙亞 里哈 使本搭

Arina : Baiklah, tidak ada masalah.
巴意拉，地答 阿答 媽沙拉

阿麗娜：這本書是瑪麗的。

西蒂：你的書是怎麼樣的？

阿麗娜：我的書是新的。

西蒂：可不可以借我看一下？

阿麗娜：好的，沒問題。

單字易開罐		
印尼文	拼音	中文
ini semua	一匯 使母阿	這些
itu semua	一度 使母阿	那些
yang mana	樣 媽那	哪一位
benar atau tidak	ㄅ那 阿到底答	是不是
bukan	不敢	不是
menarik	ㄇ那力	好看

印尼文	拼音	中文
daging sapi yang dikeringkan	搭耕 沙比 樣 底個 令敢	牛肉乾
tas kulit	答斯 故里	皮包
telepon	得勒播恩	電話
kulkas	故嘎斯	冰箱
televisi	勒匸一西	電視機
mesin cuci	冂新 朱機	洗衣機
saya pinjam	沙亞 兵站	借給我
baca buku	巴扎 不故	看書
buku baru	不故 巴路	新書
buku lama	不故 拉媽	舊書
komik	鍋秘	漫畫書
majalah	媽扎拉	雜誌
kamus	嘎母斯	辭典

MP3-8

這裡是哪裡？
Dimana ini?

底媽那 一尼

 30 秒記住這個說法！

1 Dimana ini?

地媽那 一匿

這裡是哪裡？

2 Numpang nanya stasiun kereta api jauh tidak dari sini?

弄邦 那娘 使答西午恩 個勒大 阿比 扎午 地答 答里 西匿

請問火車站離這裡近不近？

3 Bagaimana cara ke cina town?

巴該馬那 扎拉 個 機那 當

中國城要怎麼去？

4 Jalan terus sampai belokan kedua belok kanan .

扎爛 得路斯 山拜 ㄅ羅敢 個都阿 ㄅ落 嘎南

走到第二條路口右轉。

5 Jalan terus sudah bisa sampai.

扎爛 得路斯 書答 比沙 山拜

一直走就到了。

6 Ikuti jalan ini terus sampai ujung sudah bisa sampai.

一故地 扎爛 一匾 得路斯 山拜 午中 書答 比沙 山拜

沿著這條路走到底就到了。

7 Numpang nanya dimana wc umum?

弄幫 那娘 地媽那 午ㄜ知 午母

請問公共廁所在哪裡？

8 Bagaimana cara naik bus sampai ke monas?

巴該媽那 扎拉 拿遺 逋是 山拜 個 模那斯

去獨立紀念碑要怎樣坐車？

9 Anda naik bus itu bisa sampai.

安答 那意 不斯 一度 比沙 山拜

您坐那輛公車去就到了。

10 Numpang nanya apakah sekitar sini ada telepon?

弄幫 那娘 阿巴嘎 使ㄍ一答 西匿 阿答 得勒播恩

請問這附近有沒有電話亭？

❶ Apakah museum militer jaraknya dekat dari sini?

阿巴嘎 母使午恩 迷里得 扎辣娘 得嘎 答里 西尼

軍事博物館離這裡近不近？

Apakah Taman Mini Indonesia Indah jaraknya dekat dari sini?

阿巴嘎 答滿 迷匿 印多呢西亞 印答 扎辣娘 得嘎 答里 西尼

美麗的印尼縮影公園離這裡近不近？

Apakah museum pusat jaraknya dekat dari sini?

阿巴嘎 母使午恩 不殺 扎辣娘 得嘎 答里 西尼

中央博物館離這裡近不近？

❷ Jalan sampai belokan pertama belok kanan.

扎爛 山拜 ㄅ羅敢 ㄅ答媽 ㄅ羅 嘎難

走到第一個街口右轉。

Jalan sampai belokan kedua belok kanan.

扎爛 山拜 ㄅ羅敢 個都阿 ㄅ羅 嘎難

走到第二個街口右轉。

Jalan sampai belokan ketiga belok kanan.

扎爛 山拜 ㄅ羅敢 個地嘎 ㄅ羅 嘎難

走到第三個街口右轉。

❸ Numpang nanya mau ke bandara Soekarno Hatta naik mobil mana?

弄幫 那娘 媽午 個 辦答拉 書嘎諾 哈答 那意 模比 媽那

請問去蘇加諾-哈達機場要坐什麼車呀？

Numpang nanya mau ke Candi Borobudur naik mobil mana?

弄幫 那娘 媽午 個 沾地 播羅不都 那意 模比 媽那

請問去婆羅浮屠佛塔要坐什麼車呀？

Numpang nanya mau ke kebun raya Bogor naik mobil mana?

弄幫 那娘 媽午 個 個不恩 拉亞 播鍋 那意 模比 媽那

請問去波格爾植物園要坐什麼車呀？

❹ Anda boleh naik bus.

安答 播勒 那一 不斯

你可以坐巴士去。

Anda boleh naik taksi.

安答 播勒 那一 搭西

你可以坐計程車去。

Anda boleh naik kereta api.

安答 播勒 那一 個勒搭 阿比

你可以坐火車去。

聊天室

Siti : Dimana letak bandara udara?

底媽那 勒搭 半答拉 午答拉

Arina : Saya juga tidak tahu, mari lihat peta ini.

沙亞 朱嘎 地答 答呼，媽里 里哈 ㄅ搭 一匿

Siti : Baik, coba perlihatkan.

巴意，左巴 ㄅ里哈敢

Arina : Bisa naik bus khusus jurusan bandara.

比沙 那意 不斯 故書斯 朱路山 半答拉

Siti : Kalau begitu bergegaslah.

嘎老 ㄅㄍ一度 ㄅ個嘎斯拉

西蒂： 機場在哪裡？

阿麗娜：我也不知道，來看看這張地圖吧。

西蒂： 好的，拿出來看看。

阿麗娜：有專線機場巴士可以坐去。

西蒂： 那麼我們馬上去吧！

聊天室

Arina :	Tunggu sebentar, kita tanya orang dulu.	阿麗娜：等一下，我們先問問看別人。
	東故 使本答，《一搭 答娘 己浪 都路	
Siti :	Numpang nanya untuk ke bandara udara harus naik mobil apa?	西蒂： 請問去機場要怎樣坐車？
	弄幫 那娘 午恩度 個 半答拉 午答拉 哈路斯 那意 模比 阿巴	
A :	Anda bisa naik bus khusus jurusan airport dari seberang jalan.	路人： 過對面馬路坐專線公車就到了。
	安答 比沙 那意 不斯 故書斯 朱路山 愛播 答里 使勹浪 扎爛	西蒂： 好的，謝謝您。
Siti :	Baiklah, terima kasih.	路人： 不用客氣。
	巴意拉，得里媽 嘎西	
A :	Tidak usah sungkan	
	地答 午沙 送敢	

Chapter 6 這裡是哪裡？

單字易開罐		
印尼文	拼音	中文
dekat	得嘎	近
jauh	扎午	遠
jalan lurus	扎爛 路路斯	直走
belok	ㄅ落	轉彎
belok kanan	ㄅ落 嘎難	右轉
belok kiri	ㄅ落 ㄍㄧ里	左轉
telepon umum	得勒播恩 午母	電話亭
toilet umum	多一勒 午母	公共廁所
bus	必斯	公車
kereta api bawah tanah	個勒答 阿比 巴哇 答那	地下鐵
peta	ㄅ答	地圖
jurusan khusus	朱路山 故書斯	專線
bandara udara	半答拉 午答拉	機場
bandara Soekarno-Hatta	半答拉 書嘎諾 哈答	蘇加諾哈達機場
stasiun kereta api	使搭西午恩 個 勒搭 阿比	火車站
cina town	機那湯	中國城
Monas	模那斯	獨立紀念碑

印尼文	拼音	中文
Museum militer	母使午恩 迷里得	軍事博物館
Taman Mini Indonesia Indah	母使午恩 不沙	中央博物館
Museum pusat	母使午恩 不沙	中央博物館
Candi Borobudur	沾地 播羅不度	婆羅浮屠佛塔
Kebun raya Bogor	個不恩 拉亞 播鍋	波格爾植物園

Chapter 6 這裡是哪裡？

旅遊豆知識

美容SPA天堂

　　許多人到了巴里島都會來個SPA輕鬆一下，我們就來介紹幾種SPA的類別和相關資訊。Laguna SPA提供個人空間，可以租個幾小時做全套SPA，附設餐廳、個人噴水池、躺椅、按摩區、沖澡室等；Mandara SPA則是融合了現代SPA技術以及巴里島傳統的療法。

　　在SPA店裡都可買到芳香精油，大多都是由當地植物淬取提煉而成，如檀香木、生薑、椰子等。

　　Thalasso Bali有多種療程可供選擇，在這裡你可以享受的待遇有：被海藻覆蓋全身、特殊的按摩法、噴射蓮蓬沐浴、按摩浴池等。另外Lulur是將許多東西如檀香、核果、牛奶等塗抹在身體，細心呵護肌膚後，投入滿是花瓣的浴池中，在氤氳的氣息裡完成去角質、改善肌膚的療程，是每個女人夢寐以求的人間天堂。

Chapter 7

今天是星期幾？
Hari ini hari apa?

哈里 一尼 哈里 阿巴

 30 秒記住這個說法！

1 Hari ini hari apa?

哈里 一匾 哈里 阿巴

今天是禮拜幾？

2 Tanggal berapa hari ini?

當嘎 ㄅ拉巴 哈里 一尼

今天是幾號？

3 Hari ini tanggal dua puluh satu Maret.

哈里 一匾 當嘎 都阿 不路 沙度 媽勒

今天是3月21日。

4 Kapan anda ulang tahun?

嘎半 安答 午浪 答午恩

你什麼時候生日？

5 Saya ulang tahun tanggal satu Juni.

沙亞 午浪 答午恩 當嘎 沙度 朱匿

我的生日在6月1日。

6 Tahun ini tahun dua ribu empat.

搭午恩 一匿 搭午恩 都阿 里不 恩巴

今年是2004年。

7 Bulan berapa sekarang?

不爛 ㄅ拉巴 使嘎浪

現在是幾月？

8 Sekarang bulan Juli.

使嘎浪 不爛 朱里

現在是七月。

9 Saya akan berlibur ke pulau Bali bulan depan.

沙亞 阿敢 ㄅ里不 個 不老 巴里 不爛 得半

我下個月到巴里島旅行。

10 Dia ke gereja setiap hari Minggu.

地亞 個 個勒扎 使地亞 哈里 民故

他每逢禮拜天去教會。

1 Hari ini tanggal satu Mei.

哈里 一尼 當嘎 沙度 梅

今天是五月一號。

Hari ini tanggal dua Mei.

哈里 一尼 當嘎 都阿 梅

今天是五月二號。

Hari ini tanggal dua puluh Mei.

哈里 一尼 當嘎 都阿 不路 梅

今天是五月二十號。

2 Hari ini hari Senin.

哈里 一尼 哈里 使寧

今天是星期一。

Hari ini hari Selasa.

哈里 一尼 哈里 使拉沙

今天是星期二。

Hari ini hari Minggu.

哈里 一尼 哈里 民故

今天是星期日。

❸ Sekarang bulan Juli

使嘎浪 不爛 朱里

現在是七月。

Sekarang bulan Januari.

使嘎浪 不爛 扎怒阿里

現在是一月。

Sekarang bulan Februari.

使嘎浪 不爛 ㄈ不阿里

現在是二月。

 聊天室

Siti :	Oh ternyata kamu, silahkan masuk.
	ㄛ 得那搭 嘎母，西拉敢 媽樹
Arina :	Apa kabar.
	阿巴 嘎巴
Siti :	Sudah lama tidak bertemu, bagaimana kabar akhir-akhir ini?
	書搭 拉媽 地搭 ㄅ得母，巴該媽那 嘎巴 阿ㄏㄧ-阿ㄏㄧ 一匿

西蒂： 是你啊，進來坐吧。

阿麗娜：你好。

西蒂： 好久不見，最近過得怎樣？

Arina : Akhir-akhir ini perusahaan sangat banyak kerjaan, sangat sibuk.

阿厂ー-阿厂ー 一匿 路沙哈安 傷阿巴娘 個扎安,傷阿 西不

Siti : Apakah kamu ingat hari ini hari apa?

阿巴嘎 嘎母 英阿 哈里 一匿 哈里阿巴

阿麗娜： 最近公司很多事情要做，很忙。

西蒂： 你記不記得今天是什麼日子？

聊天室

Arina : Hari apa? Tanggal berapa hari ini?

哈里 阿巴? 當嘎 ㄅ拉巴 哈里 一匿

Siti : Hari ini tanggal lima Desember.

哈里 一匿 當嘎 里媽 得身ㄅ

Arina : Apakah ada sesuatu yang istimewa?

阿巴嘎 阿答 使書阿度 樣 一斯地 ㄇ哇

Siti : Ternyata tidak ingat ulang tahun saya lagi!

得那答 地答 英阿 午浪 搭午恩 沙亞 拉ㄍ一

Arina : Aaa! Siti, Selamat ulang tahun!

阿! 西地,使拉媽 午浪 搭午恩

阿麗娜： 什麼日子？今天幾號？

西蒂： 今天是十二月五日。

阿麗娜： 有什麼特別的事嗎？

西蒂： 連我的生日都不記得！

阿麗娜： 啊！西蒂，生日快樂！

單字易開罐		
印尼文	拼音	中文
Senin	使寧	星期一
Selasa	使拉沙	星期二
Rabu	拉不	星期三
Kamis	嘎迷斯	星期四
Jumat	準阿	星期五
Sabtu	沙度	星期六
Minggu	民故	星期天
satu minggu	沙度 民故	一個禮拜
minggu depan	民故 得半	下個禮拜
minggu lalu	民故 拉路	上個禮拜
tanggal berapa bulan berapa	當嘎 ㄅ拉巴 不爛 ㄅ拉巴	幾月幾號
hari ini	哈里 一匿	今天
besok	ㄅ朔	明天
kemarin	個媽林	昨天
pulau Bali	不老 巴里	巴里島
gereja	個勒扎	教會
ulang tahun	午浪 搭午恩	生日

Chapter 7 今天是星期幾？

印尼文	拼音	中文
Selamat ulang tahun.	使拉媽 午浪 搭 午恩	生日快樂

旅遊豆知識

不可不知的注意事項

參加廟會慶典時，切記不要對祭司攝影或拍照，也不要從跪在地上虔誠祈禱的人們面前經過。

祭拜時，貢品是放在地上的，請小心別踩到或踢到。

血拼一定要殺價，可以先殺得很低再慢慢議價，當然小販一定會要求價錢再高一些，但殺價要有技巧和決心，堅決點為自己奪得好價錢！而有些不肖商人會耍小手段，在交貨時偷天換日拿另一件相同的商品交易(但可能品質較差)，所以要特別注意。

巴里島上的女人不喜歡讓別人照相，要拍攝當地居民留念之前，記得先問問當事人的意願，以免發生無謂的爭吵。

不要亂摸巴里島人的頭，因為當地信奉印度教，這樣的行為對他們而言是十分不禮貌的。

印尼人的步調較緩慢，無論是自行開車或在路上行走，也請習慣當地民俗，勿催促或妨礙他人。

PART 2

聊天哈啦篇

Chapter 8

天氣好熱！
Cuaca sangat panas

朱阿扎 傷阿 巴那斯

 30 秒記住這個說法！

1 Bagaimana cuaca hari ini?

巴該媽那 朱阿扎 哈里 一匿

今天天氣怎麼樣？

---

2 Bagaimana prakiraan cuaca hari ini?

巴該媽那 ㄅ拉ㄍ一拉安 朱阿扎 哈里 一匿

天氣報告的預測是怎樣？

---

3 Hari ini cuaca sangat bagus.

哈里 一匿 朱阿扎 傷阿 巴故斯

今天天氣很好。

---

4 Seharian ada matahari.

使哈里安 阿答 媽搭哈里

整天都有太陽。

5 Kayaknya bisa hujan.

嘎壓娘 比沙 呼沾

好像會下雨。

6 Pagi hari matahari sangat terik.

巴ㄍㄧ 哈里 媽答哈里 傷阿 得力

上午出大太陽。

7 Jangan lupa bawa payung.

掌安 路巴 巴哇 巴用

記得帶雨傘。

8 Akhir-akhir ini cuaca sangat panas terik.

阿ㄏㄧ-阿ㄏㄧ 一匿 朱阿扎 傷阿 巴那斯 得力

最近天氣很悶熱。

9 Akhir-akhir ini akan ada angin taifun.

阿ㄏㄧ-阿ㄏㄧ 一匿 阿敢 阿答 骯音 代風

最近有颱風要來。

10 Sore ada hujan petir.

朔勒 阿答 呼沾 ㄅ地

下午有雷陣雨。

❶ Hari ini cuaca sangat panas.

哈里 一匿 朱阿扎 傷阿 巴那斯

今天天氣好熱。

Hari ini cuaca sangat nyaman.

哈里 一匿 朱阿扎 傷阿 娘滿

今天天氣好舒服。

Hari ini cuaca diatas gunung sangat dingin.

哈里 一匿 朱阿扎 底阿答斯 故農 傷阿 定音

今天山上天氣好冷。

❷ Bagaimana cuaca musim semi?

巴該媽那 朱阿扎 母新 使迷

春天天氣怎麼樣？

Bagaimana cuaca musim panas?

巴該媽那 朱阿扎 母新 巴那斯

夏天天氣怎麼樣？

Bagaimana cuaca musim gugur?

巴該媽那 朱阿扎 母新 故故

秋天天氣怎麼樣？

Bagaimana cuaca musim dingin?
巴該媽那 朱阿扎 母新 定音
冬天天氣怎麼樣？

❸ Berapa cuaca paling rendah dalam satu tahun?
ㄅ拉巴 朱阿扎 巴另 冷答 答爛 沙度 答午恩
一年的最低溫度是幾度？

Berapa cuaca paling tinggi dalam satu tahun?
ㄅ拉巴 朱阿扎 巴另 定ㄍ一 答爛 沙度 答午恩
一年的最高溫度是幾度？

Berapa cuaca rata-rata dalam satu tahun?
ㄅ拉巴 朱阿扎 拉答-拉答 答爛 沙度 答午恩
一年的平均溫度是幾度？

❹ Daerah tropis cuaca agak lembab.
答ㄜ拉 多比斯 朱阿扎 阿嘎 冷巴
熱帶地區氣候潮濕。

Daerah sub tropis cuaca lebih sejuk.
答ㄜ拉 樹 多比斯 朱阿扎 勒比 使注
溫帶地區氣候溫和。

Daerah gurun cuaca sangat kering.

答古拉 故論 朱阿扎 傷阿 個另

沙漠地區氣候乾燥。

Daerah pegunungan cuaca sangat buruk.

答古拉 ㄅ故農安 朱阿扎 傷阿 不陸

高山地區氣候惡劣。

 聊天室

Arina : Cuaca di daerah tropis sangat panas!

朱阿扎 底 搭古拉 多比斯 傷阿 巴那斯

Siti : Apakah anda terbiasa dengan cuaca disini?

阿巴嘎 安答 得比阿沙 等安 朱阿扎 底西尼

Arina : Terbiasa. Apakah musim panas disini sering turun hujan?

得比阿沙 阿巴嘎 母新 巴那斯 底西匣 使另 都論 呼站

Siti : Tiap tahun bulan sepuluh sampai bulan tiga tahun depan adalah musim hujan, baru sering turun hujan.

底阿 答午恩 不爛 使不路 善拜 不爛 地嘎 答午恩 得半 阿答拉 母新 呼沾,巴路使另 都論 呼沾

西蒂 : 你習慣這裡的氣候嗎？

阿麗娜 : 還習慣。這裡夏天會不會常常下雨？

西蒂 : 每年十月到次年三月的雨季，才常常下雨。

阿麗娜 : 最近天氣怎麼樣？

聊天室

Siti : Cuaca lebih panas dan pengap.

朱阿扎 勒比 巴那斯 但 崩阿

Arina : Bagaimana cuaca akhir-akhir ini?

巴該媽那 朱阿扎 阿厂一-阿厂一 一匿

Arina : Apakah musim dingin bisa turun salju?

阿巴嘎 母新 定印 比沙 都論 沙朱

Siti : Indonesia tidak bisa turun salju.

印多呢西亞 地答 比沙 都論 沙朱

Arina : Apakah sangat dingin?

阿巴嘎 傷阿 定音

Siti : Disini sepanjang tahun suhu tinggi panas dan kering.

底細匿 使半掌 答午恩 書呼 定巜一 巴那斯 單 個另

阿麗娜：熱帶地區的氣候好熱！

西蒂： 天氣比較潮濕悶熱。

阿麗娜：冬天會不會下雪？

西蒂： 印尼不會下雪。

阿麗娜：會不會很冷？

西蒂： 這裡全年高溫炎熱。

單字易開罐		
印尼文	拼音	中文
cuaca	朱阿扎	天氣
prakiraan cuaca	ㄅ拉ㄍㄧ拉安 朱阿扎	天氣預報
suhu	書呼	溫度
payung	巴用	雨傘
baju hujan	巴朱 呼沾	雨衣
laporan cuaca	拉播爛 朱阿扎	天氣報告
mendung	們懂	陰天
cerah	之拉	晴天
berangin	ㄅ骯音	起風
hujan	呼沾	下雨
angin taifun	骯音 代風	颱風
halilintar	哈里林答	打雷
petir	ㄅ底	閃電
hujan petir	呼沾 ㄅ底	雷陣雨
turun salju	都論 沙朱	下雪
gempa	更巴	地震
dingin	定音	冷
panas	巴那斯	熱
panas pengap	巴那斯 崩阿	悶熱

印尼文	拼音	中文
kering	個另	乾燥
lembab	冷巴	潮濕
musim kering	母新 個另	乾季
musim hujan	母新 呼沾	雨季
musim semi	母新 使迷	春天
musim panas	母新 巴那斯	夏天
musim gugur	母新 故故	秋天
musim dingin	母新 定印	冬天
tropis	多比斯	熱帶
sub tropis	樹 多比斯	溫帶
gurun	故論	沙漠
pegunungan	ㄅ故農安	高山

Chapter 8　天氣好熱！

旅遊豆知識

血拼高手入門

　　要買東西無從下手嗎？那就先來看看印尼有哪些值得買的商品吧！在Kuta有蠟染的衣服、褲子等，是很具代表的紀念品，另外像鞋子也可列入選擇之中。Ubud的話可以挑選編織物如籃子，或者是雕刻、雨具等；到Sanur則可買繪畫作品、手工藝品、木雕等；而Denpasar，名列血拼名單的有金飾、編織物等，當地還有政府手工藝中心可以逛逛。

Chapter 9

請問現在幾點？

Numpang nanya jam berapa sekarang?

農幫 那娘 沾 ㄅ拉巴 使嘎浪

 30 秒記住這個說法！

1 Numpang nanya jam berapa sekarang?

農幫 那娘 沾 ㄅ拉巴 使嘎浪

請問現在幾點？

2 Biasanya jam berapa bangun?

比阿沙娘 沾 ㄅ拉巴 幫午恩

平常幾點起床？

3 Biasanya jam berapa tidur?

比阿沙娘 沾 ㄅ拉巴 底都

平常幾點睡覺？

4 Anda jam berapa kerja?

安答 沾 ㄅ拉巴 個扎

你幾點上班？

5 Masih berapa menit sampai jam sepuluh?

媽西 ㄅ拉巴 ㄇ匿 山拜 沾 使不路

還有多久到十點？

6 Masih lima menit sampai jam sepuluh.

媽西 里媽 ㄇ匿 山拜 沾 使不路

還有五分鐘到十點。

7 Ingat tepat waktu sampai.

英阿 得巴 哇都 山拜

記得準時到。

8 Jangan terlambat.

掌安 得爛巴

不要遲到。

9 Sudah hampir jam dua belas.

書答 含比 沾 都阿 ㄅ拉斯

快到十二點了。

10 Jam berapa acara di mulai?

沾 ㄅ拉巴 阿扎拉 底 母來伊

節目幾點開始？

❶ Sekarang sudah jam dua.
使嘎浪 書答 沾 都阿
現在已經兩點了。

Sekarang sudah jam dua lewat tiga puluh menit.
使嘎浪 書答 沾 都阿 勒哇 底嘎 不路 ㄇ匡
現在已經兩點半了。

Sekarang sudah jam dua lewat dua puluh lima menit.
使嘎浪 書答 沾 都阿 勒哇 都阿 不路 里媽 ㄇ匡
現在已經兩點二十五分了。

Sekarang sudah jam tiga.
使嘎浪 書答 沾 底嘎
現在已經三點。

❷ Biasa jam berapa bangun?
比阿沙 沾 ㄅ拉巴 幫午恩
平時幾點起床？

Biasa jam berapa makan siang?

比阿沙 沾 ㄅ拉巴 媽敢 西骯

平時幾點吃午飯？

Biasa jam berapa makan malam?

比阿沙 沾 ㄅ拉巴 媽敢 媽爛

平時幾點吃晚飯？

❸ Lewat lima menit lagi jam sepuluh.

勒哇 里媽 ㄇ匿 拉ㄍ一 沾 使不路

再過五分鐘就十點。

Lewat sepuluh menit lagi jam sepuluh.

勒哇 使不路 ㄇ匿 拉ㄍ一 沾 使不路

再過十分鐘就十點。

Lewat lima belas menit lagi jam sepuluh.

勒哇 里媽 ㄅ拉斯 ㄇ匿 拉ㄍ一 沾 使不路

再過十五分鐘就十點。

❹ Acara malam ini jam delapan mulai ditayangkan.

阿扎拉 媽爛 一匿 沾 得拉半 母來 地答樣敢

節目今天晚上八點鐘開演。

Filem hari ini jam sembilan mulai ditayangkan.

ㄷㄧㄌㄥ 哈里 ㄧ匿 沾 身比爛 母來 地答樣敢

電影今天晚上九點鐘開演。

Tarian barong malam ini jam tujuh mulai di pertunjukkan.

搭里安 巴龍 媽爛 ㄧ匿 沾 都朱 母來 底ㄅ敦朱敢

巴隆舞今天晚上七點鐘開演。

聊天室

Arina : Apakah sore ini kamu ada pelajaran?

阿巴嘎 說勒 ㄧ匿 嘎母 阿答 ㄅ拉 差擦爛

Siti : Ada, saya ada pelajaran bahasa Inggris.

阿答，沙亞 阿答 ㄅ拉差擦爛 巴哈 沙 英格里斯

Arina : Jam berapa dimulai?

沾 ㄅ拉巴 底母來伊

Siti : Jam dua tepat.

沾 都阿 得巴

Arina : Sampai jam berapa?

山拜 沾 ㄅ拉巴

阿麗娜：你今天下午有沒有課？

西蒂：有，我要上英文課。

阿麗娜：幾點開始上課？

西蒂：兩點整。

阿麗娜：上到幾點？

聊天室

Siti : Tiga jam lamanya, jam lima selesai.

底嘎 沾 拉媽娘，沾 里媽 使勒曬

Arina : Selesai pelajaran mau nonton filem sama-sama?

使勒曬 ㄅ拉差擦爛 媽午 諾多恩 ㄷㄧ冷 沙媽-沙媽

Siti : Lihat filem apa?

里哈 ㄷㄧ冷 阿巴

Arina : Sampai sana baru putuskan, saya ingin lihat filem barat yang baru ditayangkan.

山拜 沙那 巴路 不都斯敢，沙亞 英印 里哈 ㄷㄧ冷 巴拉 樣 巴路 底搭樣敢

Siti : Baiklah, saya pingin lihat.

巴意拉，沙亞 兵印 里哈

西蒂： 上三個小時，五點下課。

阿麗娜：下課後一起去看電影吧？

西蒂： 看什麼電影？

阿麗娜：去再看看，我想看新上映的西洋片。

西蒂： 好的，我很想看。

單字易開罐		
印尼文	拼音	中文
satu menit	沙度 ㄇ尼	一分
satu detik	沙度 得地	一秒
lima menit	里媽 ㄇ尼	五分鐘
lima belas menit	里媽 ㄅ拉斯 ㄇ尼	十五分鐘
jam	沾	小時
jam dua belas tepat	沾 都阿 ㄅ拉斯 得巴	十二點整
jam berapa	沾 ㄅ拉巴	幾點
hari ini	哈里 一匿	今天
kemarin	個媽林	昨天
besok	ㄅ說	明天
dua hari yang lalu	都阿 哈里 樣 拉路	前天
bangun tidur	幫午恩 底度	起床
tidur	底度	睡覺
kerja	個扎	上班
sekolah	使鍋拉	上課
acara	阿扎拉	節目

印尼文	拼音	中文
filem	ㄈ一冷	電影
filem barat	ㄈ一冷 巴拉	西洋片
tari barong	搭里 巴龍	巴隆舞
tari topeng	搭里 多崩	面具舞
tari legong	搭里 雷共	雷貢舞
tari rampai	搭里 爛拜	藍 舞
tari piring	搭里 比另	盤燭舞
musik gamelan	母西 嘎ㄇ爛	甘美朗音樂

旅遊豆知識

巴里島特產大血拼

到巴里島旅遊不只好玩，也要選購一些商品才過癮，至於要買哪些東西呢？陶器、瓷器、木雕、石雕、貝殼飾品等都非常精緻，繡花服飾、竹籃、皮袋、蠟染布、手染棉布等也都具有特殊風味。還有一些銀製飾品如耳環、戒指、手鍊、胸針等，都深受女性顧客的喜愛，價格也都令人滿意，絕對可以大肆地血拼一番。這裡的古董和珠寶也是熱門商品，至於食物方面，有腰果、椰子乾、咖啡等，吃的、用的、看的樣樣都能滿足遊客的需求，可說是應有盡有！

Chapter 10

你家有幾個人？

Berapa jumlah anggota keluarga anda?

ㄅ拉巴 準拉 骯鍋答 個路阿嘎 安答

 30 秒記住這個說法！

1 Berapa jumlah anggota keluarga anda?

ㄅ拉巴 準拉 骯鍋答 個路阿嘎 安答

你家有幾個人？

2 Anda berapa bersaudara?

安搭 ㄅ拉巴 ㄅ燒搭拉

您有幾個兄弟姐妹？

3 Saya ada tiga bersaudara.

沙亞 阿搭 底嘎 ㄅ少答拉

我家有三個兄弟姐妹。

4 Saya ada dua abang dan satu adik perempuan.

沙亞 阿答 都阿 阿幫 但 沙度 阿地 ㄅ冷不安

我有兩個哥哥和一個小妹妹。

76

5 Apakah anda sudah punya anak?

阿巴嘎 安搭 書答 不娘 阿納

你有沒有小孩。

---

6 Saya ada satu anak perempuan, satu anak laki-laki.

沙亞 阿答 沙度 阿納 ㄅ冷不安 沙度 阿納 拉ㄍㄧ-拉ㄍㄧ

我有一個女兒、一個兒子。

---

7 Dimana anda tinggal?

地媽那 安搭 定嘎

你住在哪裡？

---

8 Saya tinggal di Solo.

沙亞 定嘎 地 說羅

我住在梭羅。

---

9 Apa pekerjaan orang tua anda?

阿巴 ㄅ個扎安 ㄛ浪 都阿 安搭

你父母做什麼的？

10 Ayah saya seorang dokter, ibu saya seorang guru.

阿亞 沙亞 使ㄛ浪 多得，一部 沙亞 使ㄛ浪 故路

我爸爸是醫生，媽媽是老師。

11 Saya kerja di bank.

沙亞 個扎 地 邦

我在銀行做事。

一說就會練習區

1 Saya tinggal di Medan.

沙亞 定嘎 底 ㄇ但

我住在棉蘭。

Saya tinggal di Surabaya.

沙亞 定嘎 底 書拉巴亞

我住在泗水。

Saya tinggal di Taiwan Taipei.

沙亞 定嘎 底 代灣 代北

我住在台灣台北。

Saya tinggal di Hongkong.

沙亞 定嘎 底 紅共

我住在香港。

2 Apakah anda ada saudara?

阿巴嘎 安搭 阿答 少答拉

你有兄弟姐妹嗎？

Apakah anda ada pacar?

阿巴嘎 安搭 阿答 巴扎

你有男朋友嗎？

Apakah anda ada pacar?

阿巴嘎 安搭 阿答 巴扎

你有女朋友嗎？

Apakah anda sudah punya anak?

阿巴嘎 安搭 書答 不娘 阿納

你有小孩嗎？

3 Saya ada satu abang.

沙亞 阿答 沙度 阿幫

我有一個哥哥。

Saya ada satu kakak.

沙亞 阿答 沙度 嘎嘎

我有一個姊姊。

Saya ada satu adik perempuan.

沙亞 阿答 沙度 阿底 勹冷不安

我有一個妹妹。

Saya ada satu anak laki-laki.

沙亞 阿答 沙度 阿那 拉《一-拉《一

我有一個兒子。

❹ Saya kerja di bank.

沙亞 個扎 底 邦

我在銀行做事。

Saya kerja di restoran.

沙亞 個扎 底 勒斯多爛

我在餐廳做事。

Saya kerja di perusahaan perdagangan.

沙亞 個扎 底 勹路沙哈安 勹搭檔案

我在貿易公司做事。

Saya kerja di perusahaan asing.

沙亞 個扎 底 ㄅ路沙哈安 阿興

我在外商公司做事。

聊天室

Siti： Anak dalam foto ini sangat lucu, anak siapa?

阿納 答爛 否多 一匿 傷阿 路朱，阿納 西阿巴

Arina： Itu saya.

一度 沙亞

Siti： Apakah yang menggendong anda orang tua anda?

阿巴嘎 樣 盟更多ㄥ 安搭 ㄛ浪 都阿 安答

Arina： Benar, mereka orang tua saya.

ㄅ那，ㄇ勒嘎 ㄛ浪 都阿 沙亞

Siti： Apakah anda ada saudara?

阿巴嘎 安搭 阿答 少答拉

Arina： Saya ada satu adik laki-laki.

沙亞 阿答 沙度 阿底 拉ㄍㄧ-拉ㄍㄧ

西蒂： 這張照片的小孩很可愛，是誰啊？

阿麗娜：這個是我。

西蒂： 抱著你的是不是你父母？

阿麗娜：是的，他們是我父母。

西蒂： 你有沒有兄弟姐妹？

阿麗娜：我有一個弟弟。

Siti： Apa pekerjaan orang tua anda?

阿巴 ㄅ個扎安 ㄛ浪 都阿 安搭

Arina： Ayah saya insinyur, ibu saya ibu rumah tangga.

阿亞 沙亞 印西扭，一部 沙亞 一部 路媽 當嘎

Siti： Apakah anda tinggal sendiri sekarang?

阿巴嘎 安搭 定嘎 身地里 使嘎浪

Arina： Bukan, saya tinggal dengan keluarga.

不敢，沙亞 定嘎 等安 個路阿嘎

西蒂： 你父母是做什麼的？

阿麗娜：爸爸是工程師，媽媽是家庭主婦。

西蒂： 你現在一個人住嗎？

阿麗娜：不是，我跟家人一起住。

單字易開罐		
印尼文	拼音	中文
keluarga	個路阿嘎	家庭
anggota keluarga	骯鍋搭 個路阿嘎	家人
kakak beradik	嘎嘎 ㄅ阿地	兄弟姐妹
bapak	巴爸	爸爸
ibu	一部	媽媽
abang	阿幫	哥哥

印尼文	拼音	中文
adik perempuan	阿底ㄅ冷不安	妹妹
kakak	嘎嘎	姐姐
guru	故路	老師
anak	阿納	小孩
Jakarta	扎嘎搭	雅加達
Solo	碩羅	梭羅
Medan	ㄇ但	棉蘭
Surabaya	書拉巴亞	泗水
perusahaan perdagangan	撥路沙哈安 撥搭軋案	貿易公司
bank	邦	銀行
hotel	貨得	飯店
pemerintahan	ㄅㄇ另搭含	政府部門
foto	否多	照片
insinyur	印西扭	工程師

Chapter 10 你家有幾個人？

Chapter 11

這棟是什麼建築物？

Bangunan ini bangunan apa?

巴故南 一尼 巴故南 阿巴

 30 秒記住這個說法！

1 Bangunan ini bangunan apa?

巴故南 一尼 巴故南 阿巴

這棟是什麼建築物？

2 Apakah anda pernah ke cina town?

阿巴嘎 安答 ㄅ那 個 機納 當

你有沒有去過中國城？

3 Anda sudah berapa lama di Indonesia?

案答 書答 ㄅ拉巴 拉媽 底 印多呢西亞

你來印尼多久了？

4 Saya datang ke Jakarta sudah tiga bulan.

沙亞 搭檔 個 扎嘎搭 書答 地嘎 不爛

我來雅加達三個月了。

5 Apakah sebelumnya anda pernah datang ke Indonesia?

阿巴嘎 使ㄅ論娘 安答 ㄅ那 搭檔 個 印多呢西亞

你以前有來過印尼嗎？

6 Saya tidak pernah datang.

沙亞 地答 ㄅ那 搭當

沒有來過。

7 Anda sudah mengunjungi daerah apa saja di Indonesia?

安答 書答 盟午恩朱一 答ㄜ拉 阿巴 沙扎 地 印多呢西亞

你參觀過印尼哪裡？

8 Saya cuma pernah pergi ke Monas, museum militer.

沙亞 朱媽 ㄅ那 ㄅㄍㄧ 個 模那斯 母使午恩 迷里得

我只有去過獨立紀念碑、軍事博物館。

9 Museum pusat buka sampai jam berapa?

母使午恩 不沙 不嘎 山拜 沾 ㄅ拉巴

中央博物館開放到幾點？

10 Saya ingin berfoto disini.

沙亞 英印 ㄅ否多 地西匯

我想在這裡照一張相。

一說就會練習區

❶ Apakah sebelumnya anda pernah datang ke Indonesia?

阿巴嘎 使論娘 安答 ㄅ那 搭檔 個 印多呢西亞

你以前有來過印尼嗎？

Apakah sebelumnya anda pernah datang ke pulau Bali?

阿巴嘎 使論娘 安答 ㄅ那 搭檔 個 不老 巴里

你以前有來過巴里島嗎？

Apakah sebelumnya anda pernah datang ke Taiwan?

阿巴嘎 使論娘 安答 ㄅ那 搭檔 個 代灣

你以前有來過台灣嗎？

❷ Saya sudah tiga bulan di Indonesia.

沙亞 書答 底嘎 不爛 地 印多呢西亞

我來印尼三個月了。

Saya sudah lima bulan di Taiwan.

沙亞 書答 里媽 不爛 地 代灣

我來台灣五個月了。

Saya sudah setahun di Bandung.

沙亞 書答 使搭午恩 地 半懂

我來三寶瓏一年了。

❸ Saya pernah ke pulau Bali.

沙亞 ㄅ那 個 不老 巴里

我去過巴里島。

Saya pernah ke Jawa.

沙亞 ㄅ那 個 扎哇

我去過爪哇。

Saya pernah ke Danau Toba.

沙亞 ㄅ那 個 搭鬧 托巴

我去過托巴湖。

Saya pernah ke Yogya.

沙亞 ㄅ那 個 假

我去過日惹。

聊天室

Siti : Apakah waktu perjalanan anda ke pulau Bali menyenangkan?

阿巴嘎 哇度 ㄅ扎拉南 安搭 個 不老 巴里 ㄇ呢娘敢

Arina : Sangat menyenangkan, kami pergi lima hari.

傷阿 ㄇ呢娘敢，嘎迷 ㄅㄍㄧ 里媽 哈里

Siti : Anda pergi kemana saja?

安答 ㄅㄍㄧ 個媽那 沙扎

Arina : Ke pantai Kuta, Kerajaan Ubud.

個 半代 故搭，個拉扎安 午不

Siti : Apakah ada ke tanah Lot?

阿巴嘎 阿答 個 搭那 落

西蒂： 你上次去巴里島好不好玩？

阿麗娜：好玩，我們去了五天。

西蒂： 你們去過哪些地方？

阿麗娜：去過庫塔海灘、烏布皇宮。

西蒂： 有沒有去海神廟？

聊天室

Arina : Ada ke tanah Lot melihat matahari tenggelam.

阿答 個 答那 落 ㄇ里哈 媽答哈 里 等個爛

Siti : Bagaimana pendapat anda tentang pulau Bali?

巴該媽那 本答巴 安答 等當 不老 巴里

Arina : Pemandangannya sangat indah.

ㄅ滿當安娘 傷阿 印答

Siti : Daerah mana saja yang lebih istimewa?

答亡拉 媽那 沙扎 樣 勒比 一斯地 ㄇ哇

Arina : Gunung berapi Agung dan sawah bertingkat yang sangat istimewa.

故弄 ㄅ拉必 阿共 但 沙哇 ㄅ定嘎 樣 傷阿 一斯地ㄇ哇

阿麗娜：有在海神廟看夕陽。

西蒂： 你覺得巴里島怎樣？

阿麗娜：風景很美。

西蒂： 有什麼地方特色？

阿麗娜：阿貢火山和梯田風光很有特色。

Chapter 11 這棟是什麼建築物？

單字易開罐		
印尼文	拼音	中文
bangunan	邦故南	建築物
tempat tinggal	等巴 定嘎	住宅
kantor	敢多	辦公大樓
taman	搭滿	公園
sekolah	使鍋拉	學校
pelabuhan	勺拉不含	碼頭
mengunjungi	盟午恩朱一	參觀
foto	否多	相片
pusat kota	不沙 鍋答	市中心
luar kota	路阿 鍋答	市郊
Bandung	半懂	三寶瓏
Jawa	扎哇	爪哇
Danau Toba	搭鬧 托巴	托巴湖
Yogya	假	日惹
Ubud	午不	烏布皇宮
Tanah Lot	搭那 羅	海神廟
pemandangan	勺滿當安	風景
matahari tenggelam	媽搭哈里 等個 爛	夕陽
Pantai Kuta	半代 故答	庫塔海灘
Gunung Agung	故弄 阿貢	阿貢火山
sawah bertingkat	沙哇 勺定嘎	梯田

Chapter 12

我最喜歡看電影
Saya paling suka nonton filem.

沙亞 巴另 書嘎 諾恩多恩 匚一林

 30 秒記住這個說法!

1 Filem apa yang paling anda sukai?

匚一冷 阿巴 樣 巴另 安搭 書嘎姨

你喜歡看什麼電影?

2 Saya suka nonton filem barat.

沙亞 書嘎 諾恩多恩 匚一冷 巴拉

我喜歡看西洋片。

3 Hari ini bioskop sangat penuh.

哈里 一匿 比乙斯鍋 傷阿 勹怒

今天電影院客滿。

4 Pergi ke bioskop nonton filem.

勹ㄍ一 個 比乙斯鍋 諾恩多恩 匚一冷

去電影院看電影。

5 Akhir-akhir ini ada filem baru apa saja yang ditayangkan?

阿ㄏㄧ-阿ㄏㄧ 一匿 阿答 ㄈ一冷 巴路 阿巴 沙扎 樣 底 答樣敢

最近有什麼新的電影上演？

6 Dengar-dengar filem ini sangat bagus.

等阿-等阿 ㄈ一冷 一匿 傷阿 巴故斯

聽說這部電影很好看。

7 Saya tidak suka nonton filem horor.

沙亞 底答 書嘎 諾恩多恩 ㄈ一冷 火羅

我不喜歡看恐怖片。

8 Apa judul filem ini?

阿巴 朱度 ㄈ一冷 一匿

這部電影叫什麼名字？

9 Filem ini menceritakan tentang apa?

ㄈ一冷 一匿 們之里答敢 等當 阿巴

這部電影是講什麼的？

10 Saya mau beli dua karcis bioskop.

沙亞 媽午 ㄅ里 都阿 嘎機斯 比乙斯鍋

我要買兩張電影票。

一說就會練習區

1 Hari ini pergi nonton pertunjukan wayang kulit.

哈里 一尼 ㄅㄍ一 諾恩多恩 ㄅ敦朱敢 哇樣 故里

今天去看皮影戲。

Hari ini pergi mendengar konser musik.

哈里 一尼 ㄅㄍ一 們等阿 鍋恩使 母西

今天去聽演唱會。

Hari ini pergi nonton filem.

哈里 一尼 ㄅㄍ一 諾恩多恩 ㄈ一冷

今天去看電影。

2 Saya suka nonton filem barat.

沙亞 書嘎 諾恩多恩 ㄈ一冷 巴拉

我喜歡看西洋片。

Saya suka nonton filem kebudayaan.

沙亞 書嘎 諾恩多恩 ㄈ一冷 個不答亞安

我喜歡看文藝片。

Saya suka nonton filem silat.
沙亞 書嘎 諾恩多恩 ㄈㄧ冷 西拉
我喜歡看武打片。

Saya suka nonton filem action.
沙亞 書嘎 諾恩多恩 ㄈㄧ冷 ㄢ哥西恩
我喜歡看動作片。

Saya suka nonton filem kartun.
沙亞 書嘎 諾恩多恩 ㄈㄧ冷 嘎敦
我喜歡看卡通片。

❸ Saya suka nonton filem kebudayaan.
沙亞 書嘎 諾恩多恩 ㄈㄧ冷 個不答亞安
我喜歡看文藝片。

Saya suka nonton filem cinta.
沙亞 書嘎 諾恩多恩 ㄈㄧ冷 近搭
我喜歡看愛情片。

❹ Filem itu menceritakan tentang apa?
ㄈㄧ冷 一度 們知里搭敢 等當 阿巴
那部電影在演什麼？

Opera musik itu menceritakan tentang apa?

ㄛㄅ拉 母西 一度 們知里搭敢 等當 阿巴

那部歌劇在演什麼？

Tarian itu menceritakan tentang apa?

答里安 一度 們知里搭敢 等當 阿巴

那齣舞蹈在演什麼？

Drama televisi itu menceritakan tentang apa?

答媽 得勒ㄈ一西 一度 們知里搭敢 等當 阿巴

那部電視劇在演什麼？

聊天室

Arina :	Apakah sore ini kamu ada yang mau dikerjakan?	阿麗娜：今天下午你有什麼事要做嗎？
	阿巴嘎 說勒 一尼 嘎母 阿答 樣 媽午 地個扎敢	
Siti :	Tidak ada, anda?	西蒂： 沒有，你呢？
	地搭 阿答，安答	
Arina :	Maukah pergi dengar konser musik?	阿麗娜：要不要一起去聽音樂會？
	媽午嘎 ㄅㄍ一 等阿 鍋恩使 母西	
Siti :	Baiklah, tapi saya tidak suka musik rock.	西蒂： 好，但是我不喜歡聽搖滾音樂。
	巴意拉，答比 沙亞 地答 書嘎 母西 落	

Arina : Kalau begitu kita pergi mendengar konser piano.

嘎老 ㄅㄍㄧ度 ㄍㄧ答 ㄅㄍㄧ 們等 阿 鍋恩使 比阿諾

阿麗娜：那麼我們去聽 鋼琴演奏。

聊天室

Siti : Ide yang bagus, tapi nonton dimana?

一得 樣 巴故斯，搭比 諾恩多恩 地 媽那

Arina : Bagaimana kalau ke pusat kota?

巴該馬那 嘎老 個 不沙 鍋搭

Siti : Baiklah.

巴意拉

Arina : Dengar-dengar memakan waktu tiga jam.

等阿-等阿 ㄇ媽敢 哇度 地嘎 沾

Siti : Kalau begitu lebih baik anda pergi beli karcis dulu.

嘎老 ㄅㄍㄧ度 勒比 巴意 安搭 ㄅ ㄍㄧ ㄅ里 嘎機斯 都路

西蒂： 好提議，但是 我們去哪裡 呢？

阿麗娜：去市中心好不 好？

西蒂： 好的。

阿麗娜：聽說總共要3個 小時。

西蒂： 你最好先去買 票。

單字易開罐		
印尼文	拼音	中文
filem	ㄈㄧ冷	電影
bioskop	比ㄛ斯鍋	電影院
penuh	ㄅ怒	客滿
akhir-akhir ini	阿ㄏㄧ-阿ㄏㄧ ㄧ匿	最近
ditayangkan	地搭樣敢	上演
beli karcis	ㄅ里 嘎機斯	買票
menarik	ㄇ那力	好看
filem horor	ㄈㄧ冷 火羅	恐怖片
filem kebudayaan	ㄈㄧ冷 個不答亞安	文藝片
filem cinta	ㄈㄧ冷 近答	愛情片
filem action	ㄈㄧ冷 ㄜ哥西恩	動作片
filem silat	ㄈㄧ冷 西拉	武打片
filem kartun	ㄈㄧ冷 嘎敦	卡通片
opera	ㄛㄅ拉	歌劇
musik rock	母西 落	搖滾音樂
konser piano	鍋恩十 比阿諾	鋼琴演奏
musik klasik	母西 個拉西	古典音樂
konser	鍋恩十	演唱會
wayang kulit	哇樣 故里	皮影戲

**Chapter
13**

這次的旅行如何？
Bagaimana wisata kali ini?

巴該媽那 午一沙答 嘎里 一尼

 30 秒記住這個說法！

1 Bagaimana wisata kali ini?
巴該媽那 午一沙搭 嘎里 一匿
這次的旅行如何？

2 Apakah Hongkong menyenangkan?
阿巴嘎 洪共 ㄇ呢娘敢
去香港好不好玩？

3 Kalian pernah kemana saja?
嘎里安 ㄅ那 個媽那 沙扎
你們去過哪裡玩？

4 Pergi dengan rombongan atau pergi sendiri?
ㄅㄍㄧ 等安 羅恩播安 阿到 ㄅㄍㄧ 身底里
跟團去還是自己去？

5 Bagaimana rute perjalanan kalian?

巴該媽那 路得 ㄅ扎拉南 嘎里安

你們的路線是什麼？

6 Berapa lama kalian main di Hongkong?

ㄅ拉巴 拉媽 嘎里安 媽因 地 洪共

你們在香港逗留了多久？

7 Apakah prosedur perjalanan ke luar negeri sudah disiapkan?

阿巴嘎 播十度 ㄅ扎拉南 個 路阿 呢個里 書答 地西阿敢

出國手續辦好了沒有？

8 Kami main di Hongkong selama empat hari.

嘎迷 媽因 底 洪共 使拉媽 恩巴 哈里

我們在香港逗留了四天。

9 Apakah anda ada membeli asuransi perjalanan?

阿巴嘎 安答 阿答 們ㄅ里 阿書爛西 ㄅ扎拉南

有沒有買旅行保險？

10 Perlu prosedur apa saja?

ㄅ路 播十度 阿巴 沙扎

需要些什麼手續？

一說就會練習區

❶ Bagaimana perjalanan wisata kali ini?

巴該媽那 ㄅ扎拉南 午一沙搭 嘎里 一匿

這次的旅行怎麼樣？

Bagaimana pendakian kali ini?

巴該媽那 本答ㄍ一安 嘎里 一匿

這次的爬山怎麼樣？

Bagaimana dengan BBQ kali ini?

巴該媽那 等安 巴比Q 嘎里 一匿

這次的烤肉怎麼樣？

❷ Bagaimana dengan perjalanan ke Hongkong?

巴該媽那 等安 ㄅ扎拉南 個 洪共

去香港好不好玩呀？

Bagaimana dengan perjalanan ke Jepang?

巴該媽那 等安 ㄅ扎拉南 個 之幫

去日本好不好玩呀？

Bagaimana dengan perjalanan ke Amerika?

巴該媽那 等安 ㄅ扎拉南 個 阿ㄇ里嘎

去美國好不好玩呀？

❸ Pergi dengan rombongan atau sendiri?

ㄅㄍㄧ 等安 羅恩播安 阿到 身地理

跟團去還是自己去呀？

Pergi dengan naik mobil atau naik kapal?

ㄅㄍㄧ 等安 那意 模比 阿到 那意 嘎巴

搭車去還是坐船去呀？

Pergi dengan jalan kaki atau naik sepeda?

ㄅㄍㄧ 等安 扎爛 嘎ㄍㄧ 阿到 那意 使ㄅ搭

走路去還是騎自行車去呀？

Pergi dengan naik kereta api atau naik bus?

ㄅㄍㄧ 等安 那意 個勒答 阿比 阿到 那意 必斯

坐火車去還是坐公車去呀？

Chapter 13 這次的旅行如何？

4 Apakah prosedur perjalanan ke luar negeri sudah disiapkan?

阿巴嘎 播十度 ㄅ扎拉南 個 路阿 呢個里 書答 底西阿敢

出國手續辦好沒？

Apakah paspor sudah disiapkan?

阿巴嘎 巴斯播 書答 底西阿敢

護照辦好沒？

Apakah visa sudah disiapkan?

阿巴嘎 ㄈ一沙 書答 底西阿敢

簽證辦好沒？

聊天室

Siti : Kapan kalian pulang? Bagaimana dengan wisatanya?

嘎半 嘎里安 不浪 巴該媽那 等安 午一　　沙搭娘

西蒂 ： 你們什麼時候回來的？旅行怎樣？

Arina : Kita tidak kemana-mana.

ㄍ一答 地答 個媽那-媽那

阿麗娜： 我們哪裡都沒有去。

Siti : Kenapa bisa begitu? Apa yang terjadi?

個那巴 比沙 ㄅㄍ一度 阿巴 樣 得 扎地

西蒂 ： 怎麼會這樣？發生甚麼事？

Arina : Oh!sungguh sial.

ㄛ 送故 西阿

阿麗娜： 唉！真是倒霉。

聊天室

Siti： Apakah anda pernah ke tempat lain?

阿巴嘎 安答 ㄅ那 個 等巴 拉印

Arina： Tidak pernah, ada angin taifun, penerbangan dibatalkan.

底答 ㄅ那，阿答 骯印 代風，ㄅ呢幫 安 地巴答敢

Siti： Saya tidak menyangka bisa jadi begitu.

沙亞 底答 ㄇ娘嘎 比沙 扎第 ㄅㄍ 一度

Arina： Pokoknya tidak berhasil pergi.

播鍋娘 地答 ㄅ哈西 ㄅㄍ一

Siti： Tidak apa-apa, masih ada kesempatan di lain hari.

地答 阿巴-阿巴，媽西 阿答 個身巴 但 底 拉印 哈里

西蒂： 你有沒有去過別的地方？

阿麗娜：沒有，那天颱颱風，飛機就取消了。

西蒂： 真想不到會變成這樣。

阿麗娜：總之就是沒去成。

西蒂： 沒有關係，下次再找機會去。

單字易開罐		
印尼文	拼音	中文
wisata	午一沙搭	旅行
transit / tinggal	但西 /丁咖	逗留
rute perjalanan	路得 ㄅ扎拉南	路線
prosedur perjalanan	播十度 ㄅ扎拉南	出國手續
asuransi	阿書爛西	保險
mendaki gunung	們搭ㄍㄧ 故弄	爬山
BBQ	巴比Q	烤肉
paspor	巴斯播	護照
visa	ㄈㄧ沙	簽證
sepeda	使ㄅ答	腳踏車
pesawat terbang	ㄅ沙哇 得幫	飛機
membatalkan penerbangan	們巴搭敢 ㄅ呢幫安	停飛

MP3-16

Chapter 14

改天再聊

Ngobrol di lain waktu.

ㄛ播 地 拉印 哇度

30 秒記住這個說法！

1 Ngobrol di lain waktu.

ㄛ播 地 拉印 哇度

改天再聊。

2 Tidak usah begitu sungkan.

地答 午沙 ㄅㄍ一度 送敢

不用那麼客氣。

3 Tunggu sebentar, saya antar anda keluar.

東故 使本答，沙亞 安答 案答 個路阿

您等一下，我送你出去。

4 Saya ada urusan, pulang duluan.

沙亞 阿答 午路山，不浪 都路安

我有事，要先走。

5 Anda terlalu sungkan.

安答 得拉路 送敢

您太客氣了。

6 Kalau ada waktu tulis surat kepada saya.

嘎老 阿搭 哇度 都里斯 書拉 個巴搭 沙亞

有空寫信給我。

7 Selamat jalan.

使拉媽 扎爛

祝您一路順風。

8 Titip salam buat keluarga anda.

底地 沙爛 不阿 個路阿嘎 安答

幫我問候你家人。

9 Semoga perjalanan anda menyenangkan

使模嘎 ㄅ扎拉南 安答 ㄇ呢娘敢

祝您旅途愉快！

10 Selamat jalan, selamat jalan

使拉媽 扎爛，使拉媽 扎爛

慢走，慢走。

一說就會練習區

① Selamat tinggal, titip salam buat keluarga anda.

使拉媽 定嘎，底地 沙爛 不阿 個路阿嘎 安答

再見，幫我問候你家人。

Selamat tinggal, titip salam buat orang tua anda.

使拉媽 定嘎，底地 沙爛 不阿 乙浪 都阿 安答

再見，幫我問候你父母。

Selamat tinggal, titip salam buat istri anda.

使拉媽 定嘎，底地 沙爛 不阿 一斯地 安答

再見，幫我問候你太太。

② Semoga perjalanan anda menyenangkan.

使模嘎 ㄅ扎拉南 安答 ㄇ呢娘敢

祝你旅途愉快！

Semoga pekerjaan anda berjalan lancar.

使模嘎 ㄅ個扎安 安搭 ㄅ扎爛 爛扎

祝你工作順利！

Chapter 14 改天再聊

Selamat jalan dan sukses selalu.

使拉媽 扎爛 但 樹使斯 使拉路

祝你一帆風順！

Semoga pelajaran anda berjalan lancar.

使模嘎 ㄅ拉扎爛 安搭 ㄅ扎爛 爛扎

祝你學業進步！

③ Saya ada urusan, permisi dulu.

沙亞 阿答 午路山，ㄅ迷西 都路

我有事情，要先走。

Saya ada rapat, permisi dulu.

沙亞 阿答 拉巴，ㄅ迷西 都路

我有會要開，要先走。

Saya ada urusan kantor yang harus
diselesaikan, permisi dulu.

沙亞 阿答 午路山 敢多 樣 哈路斯 底使勒曬敢，ㄅ迷西
都路

我有公事要辦，要先走。

Saya ada urusan sales yang harus
diselesaikan, permisi dulu.

沙亞 阿答 午路山 沙勒斯 樣 哈路斯 底使勒曬敢，ㄅ迷
西 都路

我有業務要處理，要先走。

❹ Siti, selamat tinggal.

西地，使拉媽 定嘎

西蒂，再見。

Siti, sampai ketemu besok.

西地，山拜 個得母 ㄅ碩

西蒂，明天見。

Siti, sampai jumpa minggu depan.

西地，山拜 準巴 明故 得半

西蒂，下禮拜見。

旅遊豆知識

活的地理教室—印尼

　　印尼是世界上綿延最長的群島國家，大大小小加起來總共有13,677個島，總長將近5000公里，彷彿一串躺在太平洋上的珍珠項鍊。印尼全境有四千五百多座火山，是世界上現存最多火山的國家，其中有若干還是會噴火的活火山。印尼大部分的境內都被熱帶雨林覆蓋，此外也有綠油油的稻田、終年積雪的高山、適宜人居的平原，以及整片荒蕪的沙漠，堪稱是「地理教室」一般的國家。

　　印尼的人口主要集中在五個島嶼和其他三十個較小的島嶼上。爪哇是人口最多的島嶼，也是印尼的政經中心與首都雅加達所在地。

聊天室

Arina:	Tidak usah merepotkan anda lagi, saya harus pergi. 地答 午沙 ㄇ勒播敢 安答 拉一，沙亞 哈路斯 ㄅㄍㄧ	阿麗娜：	別麻煩你了，我要先走了。
Siti:	Kenapa pergi begitu cepat? 個那巴 ㄅㄍㄧ ㄅㄍㄧ度 之巴	西蒂：	那麼早就要走了？
Arina:	Hari ini harus pulang lebih cepat untuk makan di rumah. 哈里 一尼 哈路斯 不浪 勒比 之巴 午恩度 媽敢 底 路媽	阿麗娜：	今天要早點回家吃飯。
Siti:	Baiklah, lain kali datang lagi. 巴意拉，拉印 嘎里 搭檔 拉ㄍㄧ	西蒂：	好，下次再來坐。
Arina:	Baiklah. 巴意拉	阿麗娜：	好的。

旅遊豆知識

巴里島中部知名景點

　　巴里島中部還有一個著名的遊覽地點，那就是「象洞」，象洞洞口有一巨大的臉孔，增加幾許神秘氣氛，對於這個臉孔的看法仍眾說紛紜，而整個洞穴的壁鑿造型特殊，值得好好欣賞。位於巴里島中心的Ubud，聚集了許多藝術家、畫廊、美術館等，可說是一個藝術村，而在馬斯則有著名的木雕廠，各式作品令人目不暇給，而木雕師父的創作實況也能完整捕捉喔！

聊天室

Siti : Tunggu sebentar, saya antar anda.

東故 使本答，沙亞 安搭 安答

Arina : Tidak usah begitu sungkan.

地答 午沙 ㄅㄍㄧ度 送敢

Siti : Jangan sungkan dengan saya.

掌安 送敢 等安 沙亞

Arina : Maaf.

媽阿夫

Siti : Jangan lupa titip salam buat orang rumah.

掌安 路巴 底地 沙蘭 不阿 ㄛ浪 路媽

西蒂： 等一下，我送你。

阿麗娜：不用那麼客氣了。

西蒂： 別跟我客氣。

阿麗娜：不好意思！

西蒂： 記得幫我問候你家人。

單字易開罐		
印尼文	拼音	中文
selamat tinggal	使拉媽 定嘎	再見
sopan santun	說半 山敦	禮貌
sungkan	送敢	客氣
tunggu sebentar	懂故 使本答	等一下
pamit dulu	巴秘 都路	先走
selamat jalan	使拉媽 扎爛	一路順風
menulis surat	ㄇ怒里斯 書拉	寫信
orang rumah	ㄛ浪 路媽	家人
menanyakan kabar	ㄇ那娘敢 嘎巴	問候
permisi	ㄅ迷西	失陪
pamit pulang	巴秘 部浪	告辭
merepotkan	ㄇ勒播敢	麻煩
rumah	路媽	家
makan nasi	媽敢 那西	吃飯
lain kali	拉印 嘎里	下次

PART 3

日常會話篇

Chapter 15

這件衣服怎麼賣？
Berapa harga baju ini?

ㄅ拉巴 哈嘎 巴朱 一尼

 30 秒記住這個說法！

1 Berapa harga baju ini?
ㄅ拉巴 哈嘎 巴朱 一匿
請問這件衣服怎麼賣？

2 Berapa harga nanas ini?
ㄅ拉巴 哈嘎 那那斯 一匿
這些鳳梨怎麼賣？

3 Saya pingin beli sepuluh buah apel.
沙亞 兵印 ㄅ里 使不路 不阿 阿ㄅ
我想要十個蘋果。

4 Tolong ambilkan baju itu saya mau lihat sebentar.
多龍 安比敢 巴朱 一度 沙亞 媽午 里哈 使本搭
麻煩拿這件衣服我看一下。

114

5 Apakah boleh mencoba baju ini?

阿巴嘎 播勒 們做巴 巴朱 一匿

有沒有得試穿？

6 Saya pingin sepasang sepatu olah raga ukuran tiga puluh tujuh.

沙亞 兵印 使巴上 使巴度 乙拉 拉嘎 午故爛 底嘎 不路 都朱

我想要一雙三十七號的運動鞋。

7 Terlalu kecil, apakah ada yang lebih besar sedikit?

得拉路 個機，阿巴嘎 阿答 樣 勒比 ㄅ沙 使地ㄍ一

太小了，有沒有大一點的？

8 Baju ini harganya dua puluh lima ribu.

巴朱 一匿 哈嘎娘 都阿 不路 里媽 里不

這件衣服要兩萬五千盾。

9 Maaf, saya tidak ada uang kecil.

媽阿夫，沙亞 底答 阿答 午骯 個機

不好意思，我沒有零錢。

10 Terlalu mahal, bisa hitung murahan?

得拉路 媽哈，比沙 ㄏ一 母拉含

太貴了，可以便宜點嗎？

❶ Saya pingin beli sepuluh buah apel.

沙亞 兵印 ㄅ里 使不路 不阿 阿ㄅ
我想要十個蘋果。

Saya pingin beli dua buah nanas.

沙亞 兵印 ㄅ里 都阿 不阿 那那斯
我想要兩顆鳳梨。

Saya pingin beli satu sisir pisang.

沙亞 兵印 ㄅ里 沙度 西西 比上
我想要一串香蕉。

❷ Tolong ambilkan sepasang sepatu itu saya mau lihat.

多龍 安比敢 使巴上 使巴度 一度 沙亞 媽午 里哈
請拿那雙鞋給我看一下。

Tolong ambilkan kemeja itu saya mau lihat.

多龍 安比敢 個ㄇ扎 一度 沙亞 媽午 里哈
請拿那件襯衫給我看一下。

Tolong ambilkan celana itu saya mau lihat.

多龍 安比敢 之拉那 一度 沙亞 媽午 里哈
請拿那件褲子給我看一下。

❸ Celana ini terlalu pendek.

之拉那 一匿 得拉路 本得

這件褲子太短了。

Celana ini terlalu longgar.

之拉那 一匿 得拉路 龍嘎

這件褲子太鬆了。

Celana ini terlalu sempit.

之拉那 一匿 得拉路 身比

這件褲子太緊了。

 聊天室

A： Kamu pingin beli apa?
Silahkan pilih sendiri.

嘎母 兵印 ㄅ里 阿巴 西拉敢 比
里 身地里

Siti： Tolong ambilkan celana
jins itu?

多龍 安比敢 之拉那 近斯 一度

A： Celana jins ini model
paling favorit musim ini.

之拉那 近斯 一匿 模得 巴另 發
否力 母新 一匿

Siti： Apakah boleh mencoba?

阿巴嘎 播勒 們桌巴

老闆： 你想要些什
麼？隨便挑。

西蒂： 可不可以拿那
條牛仔褲給我
看一下？

老闆： 這條褲子是本
季最流行的款
式。

西蒂： 有沒有得試
穿？

| A : | Boleh, silahkan lewat sini.
播勒,西拉敢 勒哇 西尼 | 老闆： | 好的，這邊請。 |

聊天室

A :	Bagaimana? Apakah pas di badan? 巴該媽那 阿巴嘎 巴斯 地 巴但	老闆：	怎樣？合不合身？
Siti :	Ada sedikit sempit, saya mau beli lebih besar satu nomor. 阿答 使底ㄍㄧ 身必,沙亞 媽午 ㄅ里 勒比 ㄅ沙 沙度 諾模	西蒂：	有點窄，我想要大一號。
A :	Baiklah. Jika terlalu panjang saya bisa potong pendek. 巴意拉 機嘎 得拉路 半掌 沙亞 比沙 播 本得	老闆：	好的。如果太長可以幫你改短一點。
Siti :	Harganya bisa kurang? 哈嘎娘 比沙 故浪	西蒂：	可不可以便宜點？
A :	Saya sudah kasih potongan harga. 沙亞 書搭 嘎西 播多安 哈嘎	老闆：	已經給你打折了。

118

印尼文	單字易開罐 拼音	中文
nanas	那那斯	鳳梨
apel	阿ㄅ	蘋果
pisang	比上	香蕉
jaket	扎個	外套
baju	巴朱	衣服
sarung	沙龍	紗龍
kemeja	個ㄇ扎	襯衫
celana	知拉那	褲子
celana jins	知拉那 近斯	牛仔褲
sepatu	使巴度	鞋子
kaos kaki	嘎ㄛ斯 嘎ㄍㄧ	襪子
dasi	搭西	領帶
harga	哈嘎	價錢
seribu	使里不	一千盾
dua puluh ribu	都阿 不路 里不	兩萬盾
murah	母拉	便宜
sepatu olah raga	使巴度 ㄛ拉 拉嘎	運動鞋

印尼文	拼音	中文
uang kecil	午骯 個機	零錢
berapa harganya	ㄅ拉巴 哈嘎娘	多少錢
mencoba pakai	們桌巴 巴該	試穿
ruang untuk mencoba baju	路骯 午恩度們桌巴 巴朱	試衣間

養生香精療法寵愛自己

　　這種SPA的療程也是約兩個小時，和露露SPA不同的是，養生香精療法沒有泡花瓣浴的浪漫唯美，它是比較實用 的按摩療程。

　　同樣也是先作腳底按摩去角質，接著使用特製香精油塗抹全身，配合巴里島古式按摩先放鬆肌肉。養生香精療法的特點是個人可以選擇自己喜愛的香精藥草，除了現在流行的薑汁瘦身活血療法，還有各式各樣的香草可以選擇，甚至還有咖啡芳香療法可以嘗試看看。

　　這些特製的香精藥草的功效是可以去除角質、軟化肌膚，同時達到舒緩身心的療效。做完按摩後，接著可前往蒸氣室或三溫暖室放鬆身體，出來後服務人員會替客人擦乾身體，並送上一杯特製的花草茶，促進氣血循環。

Chapter 16

可以算便宜點嗎？

Harganya bisa kurang sedikit?

哈嘎娘 比沙 故浪 奢第ㄍㄧ

 30 秒記住這個說法！

1 Wah! kenapa anda jual mahal sekali?

哇! 個那巴 安搭 朱阿 媽哈 使嘎里

哇！怎麼你賣得那麼貴？

2 Sudah paling murah.

書搭 巴另 母拉

已經是最便宜的了。

3 Sudah jual rugi.

書搭 朱阿 路ㄍㄧ

已經是賠本賣的了。

4 Hitung anda lebih murah.

ㄏㄧ懂 安搭 勒比 母拉

算你便宜一點。

5 Saya cuma melihat-lihat.

沙亞 朱媽 ㄇ里哈-里哈

我只是看看而已。

---

6 Bahannya sangat bagus.

巴含娘 傷阿 巴故斯

質料很好的。

---

7 Bos, harganya bisa kurang?

播斯，哈嘎娘 比沙 故浪

老闆，可以算便宜點嗎？

---

8 Saya hitung lebih murah kalau beli banyak.

沙亞 ㄏ一懂 勒比 母拉 嘎老 ㄅ里 巴娘

多買算你便宜一點。

---

9 Tolong dibungkus.

多龍 底布ㄥ故斯

請替我包起來。

---

10 Duit saya tidak cukup.

都意 沙亞 地答 朱故

我錢帶不夠。

一說就會練習區

❶ Apakah harga celana ini bisa kurang?

阿巴嘎 哈嘎 知拉那 一尼 比沙 故浪

這條褲子可以算我便宜點嗎？

Apakah harga kemeja ini bisa kurang?

阿巴嘎 哈嘎 個ㄇ扎 一尼 比沙 故浪

這件襯衫可以算我便宜點嗎？

Apakah harga baju ini bisa kurang?

阿巴嘎 哈嘎 巴朱 一尼 比沙 故浪

這件衣服可以算我便宜點嗎？

Apakah harga sepatu ini bisa kurang?

阿巴嘎 哈嘎 使巴度 一尼 比沙 故浪

這雙鞋子可以算我便宜點嗎？

❷ Bagaimana dengan bahan kemeja ini?

巴該媽那 等安 巴含 個ㄇ扎 一尼

這件襯衫的質料怎麼樣？

Bagaimana dengan bahan rok ini?

巴該媽那 等安 巴含 羅 一尼

這件裙子的質料怎麼樣？

Chapter 16

可以算便宜點嗎？

123

Bagaimana dengan bahan jas ini?

巴該媽那 等安 巴含 扎斯 一尼

這套西裝的質料怎麼樣？

③ Harga ini sudah sangat murah.

哈嘎 一尼 書答 傷阿 母拉

這個價錢是最便宜的。

Harga ini sudah jual rugi.

哈嘎 一尼 書搭 朱阿 路ㄍ一

這個價錢是虧本賣的。

Harga ini sudah sangat adil.

哈嘎 一尼 書答 傷阿 阿地

這個價錢是很公道的。

④ Saya hitung anda lebih murah kalau beli lebih banyak.

沙亞 ㄏ一懂 安搭 勒比 母拉 嘎老 ㄅ里 勒比 巴娘

買多的話算你便宜點。

Saya kasih potongan harga dua puluh persen kalau beli lebih banyak.

沙亞 嘎西 播多安 哈嘎 都阿 不路 ㄅ身 嘎老 ㄅ里 勒比 巴娘

買多的話給你打八折。

Saya kasih potongan harga tiga puluh persen kalau beli lebih banyak.

沙亞 嘎西 播多安 哈嘎 底嘎 不路 ㄅ身 嘎老 ㄅ里 勒比 巴娘

買多的話算你七折。

聊天室

Siti : Bos, saya pingin lihat kain jenis ini.

播斯,沙亞 兵印 里哈 嘎印 知尼斯 一尼

A : Jenis kain ini sangat terkenal, kain batik produk pulau Bali.

知尼斯 嘎印 一尼 傷阿 得個那,嘎印 巴底 播度 不老 巴里

Siti : Mutu kain ini sangat bagus, tapi harganya agak sedikit mahal.

母度 嘎印 一尼 傷阿 巴故斯,搭比 哈嘎娘 阿嘎 使底ㄍ一 媽哈

A : Atau anda pilih jenis ini, jenis ini lebih murah.

阿到 安答 比里 知尼斯 一尼,知尼斯 一尼 勒比 母拉

Siti : Harganya bisa kurang?

哈嘎娘 比沙 故浪

西蒂: 老闆,我想看一下這種布料。

老闆: 這種布料很有名,是巴里島產的蠟染布。

西蒂: 這種布的品質是不錯,不過有點貴。

老闆: 或者你選這種,這種比較便宜。

西蒂: 可不可以算便宜一點?

聊天室

A: Kasih anda diskon dua puluh persen saja.

嘎西 安答 地斯鍋恩 都阿 不路 ㄅ 身 沙扎

Siti: Kalau begitu saya mau beli jenis ini yang warna merah.

嘎老 ㄅㄍ一度 沙亞 媽午 ㄅ里 知 尼斯 一尼 樣 哇那 ㄇ拉

A: Total tiga puluh ribu, apakah mau dibungkus?

多答 地嘎 不路 里不 阿巴嘎 媽午 底部ㄥ故斯

Siti: Baik, terima kasih.

巴意，得里媽 嘎西

老闆： 算你八折好了。

西蒂： 那麼我決定要紅色這種。

老闆： 總共三萬盾，要不要幫你包起來？

西蒂： 好的，謝謝。

單字易開罐		
印尼文	拼音	中文
menawar	ㄇ那哇	殺價
membicarakan harga	們比扎拉敢 哈嘎	講價
buka harga	不嘎 哈嘎	開價
bos	播斯	老闆
istri bos	一斯底 播斯	老闆娘
nyonya	尼乙娘	太太
terlalu mahal	得拉路 媽哈	太貴
rugi	路ㄍㄧ	虧本
diskon	地斯鍋恩	打折
tidak bisa ditawar	底答 比沙 底答哇	不二價
untung	午恩東	賺錢
murah	母拉	划算
bahan	八漢	質料
jas	扎斯	西裝
harga	哈嘎	價錢
kain batik	嘎印 巴地	蠟染布
kenang-kenangan	個南-個南安	紀念品
barang khas daerah	八唥 嘎失 搭亡拉	特產

Chapter 17

哪個好呀？
Mana yang (lebih) bagus?

媽那 樣 勒比 巴故斯

 30 秒記住這個說法！

1 Mana yang bagus?

媽那 樣 巴故斯

哪個好呀？

2 Saya rasa itu lebih bagus.

沙亞 拉沙 一度 勒比 巴故斯

我覺得這個比較好。

3 Saya merasa begitu.

沙亞 ㄇ拉沙 ㄅㄍ一度

我認為是這樣。

4 Lebih baik jangan begitu.

勒比 巴意 掌安 ㄅㄍ一度

最好不要這樣做。

5 Saya setuju.

沙亞 使都朱

我贊成。

6 Saya tidak setuju.

沙亞 底答 使都朱

我反對。

7 Saya juga sependapat.

沙亞 朱嘎 使本答巴

我也是這樣認為。

8 Putuskan begitu saja.

不都斯敢 ㄅㄍ一度 沙扎

就這樣決定吧。

9 Bagaimana pendapat anda?

巴該媽那 本答巴 安答

你覺得如何？

10 Apakah anda ada ide?

阿巴嘎 安答 阿答 一得

你有什麼意見？

① Saya merasa ini lebih bagus.
沙亞 ㄇ拉沙 一尼 勒比 巴故斯
我覺得這個比較好。

Saya merasa itu lebih bagus.
沙亞 ㄇ拉沙 一度 勒比 巴故斯
我覺得那個比較好。

Saya merasa yang mahal lebih bagus.
沙亞 拉沙 樣 媽哈 勒比 巴故斯
我覺得貴的比較好。

② Lebih baik jangan begitu.
勒比 巴意 掌安 ㄅㄍ一度
最好不要這樣做。

Lebih baik bandingkan harga dulu.
勒比 巴意 半定敢 哈嘎 都路
最好去比一下價錢。

Coba lihat tempat lain.
桌巴 里哈 等巴 拉印
最好去多多看幾家。

❸ Apa pendapat anda?

阿巴 本答巴 安答

你有什麼意見？

Apakah anda tidak puas?

阿巴嘎 安答 底答 不阿斯

你有什麼不滿？

Apakah anda ada masalah?

阿巴嘎 安答 阿答 媽沙拉

你有什麼心事？

❹ Orang ini sangat jujur.

ㄛ浪 一尼 傷阿 朱朱

這個人好正直。

Orang ini emosinya sangat baik.

ㄛ浪 一尼 ㄛ模西娘 傷阿 巴意

這個人脾氣很好。

Orang ini sangat murah hati.

ㄛ浪 一尼 傷阿 母拉 哈地

這個人很善良。

聊天室

Siti :	Tolong kasih saya lihat anting-anting perak ini. 多龍 嘎西 沙亞 里哈 安定-安定 ㄅ拉 一匿	西蒂 :	麻煩給我看一下這對純銀耳環。
A :	Baiklah, yang mana? 巴意拉，樣 媽那	店員 :	好的，是哪一對呢？
Siti :	Nomor tiga dari kiri, yang ada gambar bintang. 諾模 底嘎 答里 《里，樣 阿答 敢 巴 兵當	西蒂 :	左邊數下來第三對，有星星圖案的。
		店員 :	小姐，你真有眼光！
A :	Nona, selera anda sangat bagus. 諾那，使勒拉 安答 傷阿 巴故斯	店員 :	這個款式賣到快沒有貨了。
A :	Model ini sangat laris hampir tidak ada stok. 模得 一尼 傷阿 拉里斯 含比 底 答 阿答 使多		

聊天室

Siti : Apakah yang bentuk bulat itu lebih bagus?

阿巴嘎 樣 本度 不拉 一度 勒比 巴故斯

A : Saya rasa dua model itu sangat pas dengan bentuk wajah anda.

沙亞 拉沙 都阿 模得 一度 傷阿 巴斯 等安 本度 哇扎 安答

Siti : Kalau dilihat kayaknya yang bentuk bulat itu lebih bagus, sangat cocok dengan saya.

嘎老 底里哈 嘎亞娘 樣 本度 不 拉 一度 勒比 巴故斯，傷阿 桌作 等安 沙亞

A : Mau model ini?

媽午 模得 一尼

Siti : Baiklah, tolong dibungkus.

巴意拉，多龍 底部ㄥ故斯

西蒂： 圓型的那一對會不會比較好？

店員： 我覺得兩對都很合你的臉型。

西蒂： 看起來圓型蠻不錯的，很合我。

店員： 要這對嗎？

西蒂： 好的，請幫我包裝好。

單字易開罐		
印尼文	拼音	中文
baik	巴意	好
setuju	使都朱	贊成
tidak setuju	地答 使都朱	不贊成
membantah	們半搭	反對
tidak mungkin	底答 盟ㄍ印	沒有可能
tidak ada cara lain	底答 阿答 扎拉 拉 印	沒有辦法
merasa	ㄇ拉沙	覺得
pendapat	本答巴	意見
pegawai toko	ㄅ嘎外 多鍋	店員
pegawai toko	ㄅ嘎外 多鍋	專櫃小姐
ide	一得	提議
anting-anting	安定-安定	耳環
anting-anting perak	安定-安定 ㄅ辣	純銀耳環
bentuk bintang	本度 兵當	星形
bentuk bulat	本度 不拉	圓形
barang mahal	巴浪 媽哈	高級品
selera bagus	使勒拉 巴故斯	有眼光
cocok	桌作	適合

Chapter 18

我要吃烤雞
Saya mau makan ayam panggang.

沙亞 媽午 媽敢 阿煙 幫港

 30 秒記住這個說法！

1 Numpang nanya berapa orang?

弄幫 那娘 ㄅ拉巴 ㄛ浪

請問幾位？

2 Mau minum apa?

媽午 迷弄 阿巴

要喝什麼飲料？

3 Makanan di restoran ini sangat murah.

媽嘎南 底 勒斯多爛 一尼 傷阿 母拉

這間飯館的東西很便宜。

4 Ayam panggang disini sangat terkenal.

阿煙 幫港 底西尼 傷阿 得個那

這裡的烤雞很有名。

5 Pesan begitu banyak nanti tidak bisa habis.

ㄅㄩ ㄅㄍㄧ度 巴娘 南地 底答 比沙 哈比斯

點那麼多吃不完。

6 Mau pesan sayur apa?

媽午 ㄅㄩ 沙優 阿巴

要點什麼菜？

7 Mau pesan ayam panggang, cah kangkung, sop bakso, dan dua mangkuk nasi.

媽午 ㄅㄩ 阿煙 幫港、扎 港工、碩 巴說，但 都阿 忙故 那西

要烤雞、炒空心菜、肉丸湯，還要兩碗飯。

8 Sayur sangat lezat selagi masih panas.

沙優 傷阿 勒扎 使拉ㄍㄧ 媽西 巴那斯

菜熱騰騰的很好吃。

9 Apakah masih mau pesan?

阿巴嘎 媽西 媽午 ㄅㄩ

還要不要再點？

10 Nona, tolong dihitung.

諾那， 多龍 底ㄏㄧ懂

小姐，麻煩要結帳。

一說就會練習區

❶ Anda mau makan ayam panggang atau bebek panggang?

安答 媽午 媽敢 阿煙 幫港 阿到 背背 幫港

你要吃烤雞還是烤鴨？

Anda mau makan nasi goreng atau mie goreng?

安答 媽午 媽敢 那西 鍋冷 阿到 米 鍋冷

你要吃炒飯還是炒麵？

Anda mau makan sate ayam atau sate daging sapi?

安答 媽午 媽敢 沙得 阿煙 阿到 沙得 搭更 沙比

你要吃雞肉沙爹還是牛肉沙爹？

❷ Nasi babi panggang restoran ini sangat lezat.

那西 巴比 幫港 勒斯多爛 一匿 傷阿 勒扎

這家餐廳的烤乳豬肉飯很好吃。

Lobster panggang restoran ini sangat lezat.

羅斯得 幫港 勒斯多爛 一尼 傷阿 勒扎

這家餐廳的烤龍蝦好吃。

Kuetiau goreng restoran ini sangat lezat.
故乙調 鍋冷 勒斯多爛 一尼 傷阿 勒扎
這家餐廳的炒河粉很好吃。

❸ Saya mau pisang goreng dan ayam bakar.
沙亞 媽午 比上 鍋冷 但 阿煙 巴嘎
我要炸香蕉和紅燒雞。

Saya mau kari ayam dan ikan panggang.
沙亞 媽午 嘎里 阿煙 但 一敢 幫港
我要椰汁咖哩雞和烤魚。

Saya mau acar kol dan rujak.
沙亞 麻午 阿扎 鍋 但 路扎
我要泡菜和辣醬水果盤。

❹ Kita semua ada dua orang.
《一答 使母阿 阿答 都阿 乙浪
我們總共有兩位。

Kita semua ada tiga orang.
《一答 使母阿 阿答 底嘎 乙浪
我們總共有三位。

Kita semua ada lima orang.

巜一答 使母阿 阿答 里媽 乙浪

我們總共有五位。

 聊天室

A： Anda berdua mau pesan minuman apa?

安答 ㄅ都阿 媽午 ㄅ山 迷怒滿 阿巴

Siti： Minum air kelapa.

迷弄 阿一 個拉巴

Arina： Tolong ambilkan menu untuk kami.

多龍 安比敢 ㄇ怒 午恩度 嘎迷

A： Baik.

巴意

Siti： Bisa tolong rekomendasikan sayur apa yang enak?

比沙 多龍 勒鍋們答西敢 沙優 阿巴 樣 ㄜ那

服務員：兩位要喝什麼飲料？

西蒂： 喝椰子汁。

阿麗娜：拿菜單給我們看一下。

服務員：好的。

西蒂： 可不可以推薦一下這裡有什麼好吃的？

聊天室

A：　Seafood panggang kami sangat terkenal.
西夫 幫港 嘎迷 傷阿 得個那

Siti：　Baiklah, saya masih ingin makan lalap dan gado-gado.
巴意拉‧沙亞 媽西 英印 媽敢 拉辣 　　　但 嘎多-嘎多

Arina：　Kita tambah pesan sop ayam saja.
《一搭 但巴 ㄅ山 碩 阿煙 沙扎

Siti：　Kayaknya sangat lezat.
嘎亞娘 傷阿 勒扎

Arina：　Itu dulu, kalau tidak cukup nanti kita panggil lagi.
一度 都路，嘎老 底答 朱故 南地 《一答 幫《一 拉《

服務員：我們這裡的炭烤海鮮最有名。
西蒂：好的，我還想吃涼拌青菜和雜拌。
阿麗娜：我們再點個雞湯好了。
西蒂：好像很好吃。
阿麗娜：就這樣吧，不夠等一下再叫。

單字易開罐		
印尼文	拼音	中文
ayam panggang	阿煙 幫港	烤雞
tumis kangkung	都迷斯 港公	炒空心菜
sop bakso	碩 巴說	肉丸湯
nasi putih	那西 部地	白飯

印尼文	拼音	中文
bebek panggang	背背 幫港	烤鴨
nasi goreng	那西 鍋冷	炒飯
mie goreng	米 鍋冷	炒麵
sate daging sapi	沙得 搭更 沙比	牛肉沙爹
sate ayam	沙得 阿煙	雞肉沙爹
nasi babi panggang	那西 巴比 幫港	烤乳豬肉飯
lobster panggang	羅斯得 幫港	烤龍蝦
kuetiau goreng	故ㄊ調 鍋冷	炒河粉
pisang goreng	比上 鍋冷	炸香蕉
ayam ang sio	阿煙 昂 西ㄛ	紅燒雞
kari ayam	嘎里 阿煙	椰汁咖哩雞
ikan panggang	一敢 幫港	烤魚
acar kol	阿扎 鍋	泡菜
rujak buah	路炸 不阿	辣醬水果盤
air kelapa	阿一 個拉巴	椰子汁

Chapter 18 我要吃烤雞

印尼文	拼音	中文
seafood panggang	西夫 幫港	炭烤海鮮
lalap	拉辣	涼拌青菜
gado-gado	嘎多-嘎多	雜拌
sop ayam	碩 阿煙	雞湯
menu	ㄇ怒	菜單
pelayan	ㄅ拉煙	服務生
teh oolong	得 ㄛ龍	烏龍茶
bir	筆	啤酒

旅遊豆知識

巴里島觀光走透透

　　印尼包括了24個省以及3個特別行政區，其下還有更小的區域，就像我們也分縣市、鄉鎮等一樣。

　　隸屬於印尼的巴里島還分8個縣，島上有許多觀光區，其實都是因為遊客的湧入而形成的，如Kuta、Nusa Dua和Ubud 村等。Kuta最有名的是它的水上活 以及美麗的白沙灘；Ubud 村是新興的觀光景點，為當地藝術與文化薈萃之處。希望尋找安靜地所在可以到北邊的Lovina和Singaraja，或是東邊的Candi Dasa和Sanur，這些地方能讓人稍微地遠離喧鬧，而蔚藍的海景也有令人心曠神怡的功效。

Chapter 19

我想要寄信
Saya ingin mengirim surat.

沙亞 英印 盟一林 書拉

 30 秒記住這個說法！

1 Saya ingin membeli perangko.

沙亞 英印 們ㄅ里 ㄅ浪鍋

我要買郵票。

2 Saya ingin mengirim surat tercatat.

沙亞 英印 盟一林 書拉 得扎搭

我想要寄掛號信。

3 Mengirim surat ke Amerika.

盟一林 書拉 個 阿ㄇ里嘎

寄航空信去美國。

4 Sebelum mengirim surat tercatat harus mengisi formulir terlebih dahulu.

使ㄅ論 盟一林 書拉 得扎搭 哈路斯 盟一西 否母里 得 勒比 搭呼路

寄掛號信要先填表格。

5 Sebelum mengirim kado harus dibungkus terlebih dahulu.

使ㄅ論 盟一林 嘎多 哈魯思 底部ㄥ故斯 得勒比 搭呼路

寄禮物前先包裝好。

6 Mengirim surat ke Amerika perlu berapa hari?

盟一林 書拉 個 阿ㄇ里嘎 ㄅ路 ㄅ拉巴 哈里

寄去美國要多少天？

7 Apakah ada jual post card?

阿巴嘎 阿答 朱阿 播斯 嘎

有沒有賣明信片？

8 Anda mau kirim apa?

安答 媽午 ㄍ一林 阿巴

你要寄什麼呀？

9 Saya ingin membeli satu set perangko peringatan.

沙亞 英印 們ㄅ里 沙度 十 ㄅ浪鍋 ㄅ令阿但

我想買一套紀念郵票。

10 Apakah ada menjual album perangko tahun ini?

阿巴嘎 阿答 們朱阿 阿不恩 ㄅ浪鍋 搭午恩 一尼

有沒有賣今年的郵冊?

一說就會練習區

1 Saya ingin mengirim surat tercatat.

沙亞 英印 盟一林 書拉 得扎答

我想要寄掛號信。

Saya ingin mengirim paket.

沙亞 英印 盟一林 巴個

我想要寄包裹。

Saya ingin mengirim kartu pos.

沙亞 英印 盟一林 嘎度 播斯

我想要寄明信片。

Saya ingin mengirim beberapa buku.

沙亞 英印 盟一林 ㄅㄅ拉巴 不故

我想要寄幾本書。

❷ Saya mau membeli amplop.

沙亞 媽午 們ㄅ里 安播

我要買信封。

Saya ingin membeli sepuluh lembar post card.

沙亞 英印 們ㄅ里 十不路 冷巴 播斯 嘎

我想要買十張明信片。

Saya ingin membeli beberapa perangko.

沙亞 英印 們ㄅ里 ㄅㄅ拉巴 ㄅ浪鍋

我想要買一些郵票。

Saya ingin beberapa amplop.

沙亞 英印 ㄅㄅ拉巴 安播

我想要一些信封。

❸ Berapa biaya untuk mengirim surat dari Indonesia sampai Taiwan?

ㄅ拉巴 比阿亞 午恩度 盟一林 書拉 搭里 印多呢西亞 山拜 代灣

從印尼寄信到台灣要多少錢？

Berapa biaya untuk mengirim surat dari Indonesia sampai Amerika?

ㄅ拉巴 比阿亞 午恩度 盟一林 書拉 搭里 印多呢西亞 山拜 阿ㄇ里嘎

從印尼寄信到美國要多少錢？

Berapa biaya untuk mengirim surat dari Indonesia sampai Jepang?

ㄅ拉巴 比阿亞 午恩度 盟一林 書拉 搭里 印多呢西亞 山拜 知幫

從印尼寄信到日本要多少錢？

Berapa biaya untuk mengirim surat dari Indonesia sampai Hongkong?

ㄅ拉巴 比阿亞 午恩度 盟一林 書拉 搭里 印多呢西亞 山拜 紅共

從印尼寄信到香港要多少錢？

❹ Apakah ada menjual album perangko tahun ini?

阿巴嘎 阿答 們朱阿 阿不恩 ㄅ浪鍋 搭午恩 一尼

有賣今年的郵冊嗎？

Apakah ada menjual perangko peringatan tahun ini?

阿巴嘎 阿答 們朱阿 ㄅ浪鍋 ㄅ令阿但 搭午恩 一尼

有賣今年的紀念郵票嗎？

Apakah ada menjual kartu tahun baru tahun ini?

阿巴嘎 阿答 們朱阿 嘎度 搭午恩 巴路 搭午恩 一尼

有賣今年的賀年卡嗎？

 聊天室

Siti :	Numpang nanya apakah kirim surat disini?	西蒂：	請問是不是在這裡寄信？
	弄幫 那娘 阿巴嘎 《一林 書拉 低西尼	郵局職員：	是的。
A :	Betul.	西蒂：	我想寄一份包裹到美國。
	ㄅ度	郵局職員：	寄平信還是掛號呢？
Siti :	Saya mau mengirim satu paket ke Amerika.	西蒂：	那一種比較快？
	沙亞 麻午 盟一林 沙度 巴個 個 阿ㄇ里嘎		
A :	Kirim surat biasa atau surat tercatat?		
	《一林 書拉 比阿沙 阿到 書拉 得 扎搭		
Siti :	Cara mana yang lebih cepat?		
	扎拉 媽那 樣 勒比 知巴		

148

聊天室

A： Kirim surat biasa sepuluh hari, surat tercatat cuma tiga hari.

《一林 書拉 比阿沙 十不路 哈里，書拉 得扎搭 朱媽 底嘎 哈里

Siti： Kirim surat tercatat, berapa biayanya?

《一林 書拉 得扎搭，勺拉巴 比阿亞娘

A： Saya timbang dulu.

沙亞 定幫 都路

A： Ini biayanya sepuluh ribu.

一尼 比阿亞娘 十不路 里不

Siti： Baiklah, tolong kasih saya tanda terima.

巴意拉，多龍 嘎西 沙亞 但答 得利媽

郵局職員： 寄平信要十天，寄掛號三天就可以了。

西蒂： 寄掛號的，多少錢？

郵局職員： 我幫你秤一下吧。

郵局職員： 這要一萬盾。

西蒂： 好的，請幫我寫一張收據。

單字易開罐		
印尼文	拼音	中文
kantor pos	敢多 播斯	郵局
pegawai kantor pos	ㄅ嘎外 敢多 播斯	郵局職員
pos	播斯	郵差
kotak surat	鍋大 書拉	郵筒
surat biasa	書拉 比阿沙	平信
surat udara	書拉 午搭拉	航空信
surat tercatat	書拉 得扎搭	掛號
surat kilat	書拉 ㄍ一辣	快捷郵件
kartu pos/post card	嘎度 播斯／播斯 嘎	明信片
paket	巴個	包裹
menimbang	ㄇ寧幫	秤重
kelebihan berat	個勒比含 ㄅ拉	超重
pengiriman melalui udara	崩一里滿 ㄇ拉路一 午答拉	航運
pengiriman melalui laut	崩一里滿 ㄇ拉路一 拉午	海運
perangko	ㄅ浪鍋	郵票

印尼文	拼音	中文
perangko peringatan	ㄅ浪鍋 ㄅ令阿但	紀念郵票
formulir pengiriman uang	否母里 崩一里滿 午觥	匯款單
rekening	勒個寧	帳戶
kartu tahun baru	嘎度 答午恩 巴路	賀年卡
kartu natal	嘎度 那搭	聖誕卡
album perangko	阿不恩 ㄅ浪鍋	郵冊
mengisi formulir	盟一西 否母里	填表
formulir pengiriman paket	否母里 崩一里滿 巴個	包裹單
berapa lama	ㄅ拉巴 拉媽	多久

Chapter 19 我想要寄信

Chapter 20

我想訂一間雙人房

Saya ingin memesan satu kamar dua orang.

沙亞 英印 ㄇㄇ三 沙度 嘎媽 都阿 ㄛ浪

 30 秒記住這個說法！

1 Apakah disini hotel presiden?

阿巴嘎 底西尼 貨得 ㄅ西等

這裡是不是總統飯店？

2 Saya ingin memesan satu kamar dua orang.

沙亞 英印 ㄇㄇ三 沙度 嘎媽 都阿 ㄛ浪

我想要訂一間雙人房。

3 Anda mau pesan untuk berapa hari?

安答 媽午 ㄅ山 午恩度 ㄅ拉巴 哈里

你要訂幾天的？

4 Anda berencana tinggal berapa malam(lama)?

安答 ㄅ冷扎那 定嘎 ㄅ拉巴 媽蘭 拉媽

打算要住幾個晚上（多久）？

5 Apakah ada kamar mandi?

阿巴嘎 阿答 嘎媽 滿地

有沒有浴室？

6 Kunci ini untuk anda.

故恩機 一尼 午恩度 安答

這個鑰匙給你。

7 Pesan kamar untuk besok malam.

ㄅ山 嘎媽 午恩度 ㄅ碩 媽蘭

訂明天晚上的房間。

8 Berapa harga untuk kamar satu orang semalam?

ㄅ拉巴 哈嘎 午恩度 嘎媽 沙度 乙浪 使媽爛

單人房一個晚上多少錢？

9 Sebelum datang harus mendaftar terlebih dahulu.

使ㄅ論 搭檔 哈路斯 們搭ㄈ搭 得勒比 答呼路

來之前先辦理入住登記。

10 Saya bantu membawa masuk koper anda.

沙亞 半度 們巴哇 媽樹 鍋ㄅ 安答

我幫你把行李拿進來。

---

1 Saya ingin memesan satu kamar untuk dua orang.

沙亞 英印 ㄇㄇ山 沙度 嘎媽 午恩度 都阿 ㆆ浪

我想訂一間雙人房。

Saya ingin memesan satu kamar untuk satu orang.

沙亞 英印 ㄇㄇ山 沙度 嘎媽 午恩度 沙度 ㆆ浪

我想訂一間單人房。

Saya ingin memesan satu kamar kelas presiden.

沙亞 英印 ㄇㄇ山 沙度 嘎媽 個拉斯 ㄅ西等

我想訂一間總統套房。

Saya ingin memesan satu kamar VIP.

沙亞 英印 ㄇㄇ山 沙度 嘎媽 VIP

我想訂一間豪華套房。

2 Saya berencana tinggal tiga hari.

沙亞 ㄅ冷扎那 定嘎 底嘎 哈里

我打算要住三天。

Saya berencana tinggal lima hari.

沙亞 ㄅ冷扎那 定嘎 里媽 哈里

我打算要住五天。

Saya berencana tinggal seminggu.

沙亞 ㄅ冷扎那 定嘎 使命故

我打算要住一個禮拜。

3 Apakah di dalam kamar ada kamar mandi?

阿巴嘎 底答爛 嘎媽 阿答 嘎媽 滿地

房間裡面有沒有淋浴間？

Apakah di dalam kamar ada AC?

阿巴嘎 底答爛 嘎媽 阿答 阿塞

房間裡面有沒有冷氣？

Apakah di dalam kamar ada televisi?

阿巴嘎 底答爛 嘎媽 阿答 得勒ㄈㄧ西

房間裡面有沒有電視機？

Apakah di dalam kamar ada kulkas?

阿巴嘎 底答爛 嘎媽 阿答 故嘎斯

房間裡面有沒有冰箱？

4 Apakah di dalam hotel boleh menukar uang?

阿巴嘎 底答爛 貨得 播勒 ㄇ怒嘎 午骯

酒店裡面可不可以換錢？

Apakah di dalam hotel boleh membeli kartu telepon?

阿巴嘎 底答爛 貨得 播勒 們ㄅ里 嘎度 得勒播恩

酒店裡面可不可以買電話卡？

Apakah di dalam hotel boleh memanggil mobil(taksi)?

阿巴嘎 底答爛 貨得 播勒 ㄇ忙ㄍㄧ 模比（搭西）

酒店裡面可不可以幫我叫車（計程車）？

聊天室

Arina : Apakah masih ada kamar untuk dua orang?

阿巴嘎 媽西 阿答 嘎媽 午恩度 都阿 乙浪

A : Masih, apakah anda ada pesan?

媽西，阿巴嘎 安答 阿答 ㄅ山

Arina : Saya tidak ada pesan.

沙亞 的答 阿答 ㄅ山

A : Tolong isi formulir ini.

度龍 一西 否母里 一尼

Arina : Baiklah, boleh tulis begitu saja?

巴意拉，播勒 都里斯 ㄅㄍ一度 沙扎

阿麗娜： 請問還有沒有雙人房了？

飯店服務員：有，你有沒有預約？

阿麗娜： 我沒有預約。

飯店服務員：麻煩你先填寫這一份表格。

阿麗娜： 好的，這樣就可以了嗎？

旅遊豆知識

海神廟浪漫賞夕陽

　　巴里島上有座海神廟，據說在建造之時，忽遇大浪襲來，一僧侶將腰帶丟進海中，化作兩條海蛇，於是海面恢復平靜，海蛇就變成守護之神。廟宇下方的岩石洞穴中還真的被發現有幾條海蛇，大家都認為那就是海蛇廟的守護神，想要看這些海蛇還得付費喔！一旦漲潮，海神廟就會被海水包圍，此時無法前往，必須等退潮後才再度與陸地恢復連結。在黃昏的時候，就能看到大批遊客在此觀賞落日的美景，附近還有小商家販賣紀念品，以及小吃攤等。

聊天室

A：　Begitu sudah boleh.
　　ㄅㄍ一度　書答　播勒

Arina：　Terima kasih.
　　得里媽　嘎西

A：　Kamar anda nomor empat lima lima, ini kunci kamar anda.
　　嘎媽　安答　諾模　恩巴　里媽　里媽，
　　一尼　姑恩機　嘎媽　安答

Arina：　Dimana letak lift?
　　底媽那　勒大　里夫

A：　Disebelah kiri jalan terus kemudian belok kanan.
　　低失ㄅ拉　ㄍ一力　扎爛　得路斯　個
　　母地安　ㄅ落　嘎南

飯店服務員：這樣就可以了。
阿麗娜：　謝謝。
飯店服務員：你的房間是455，這個是房間鑰匙。
阿麗娜：　請問電梯在哪裡？
飯店服務員：左手邊直走右轉就看到了。

單字易開罐		
印尼文	拼音	中文
kamar satu orang	嘎媽　沙度　ㄛ浪	單人房
kamar dua orang	嘎媽　都阿　ㄛ浪	雙人房
kamar kelas presiden	嘎媽　個拉斯　ㄅ西等	總統套房

印尼文	拼音	中文
kamar VIP	嘎媽 VIP	豪華套房
kamar mandi	嘎媽 滿地	浴室
WC	午古知	洗手間
kunci	棍機	鑰匙
koper	鍋ㄆ	行李
pesan	ㄆ山	預約
formulir	否母里	表格
mendaftar	們搭夫大	登記
lift	里夫	電梯

Chapter 20 我想訂一間雙人房

旅遊豆知識

聖泉寺中有聖泉

　　位於Tampak Siring的聖泉寺，因其內有一聖泉而得名，許多人都到聖泉祈求財富和健康，據說還頗靈驗。聖泉寺裡還有許多神奇傳說，如寺內有一神龕，觸摸其上的石柱可以順利得子，摸前面的石頭則得女，不過因前來求兒女的人太多，現已用布將石頭蓋著保護。還有一處神龕的下面有一隻石龜，象徵土地，其上有一小叢草，據說觀察此草可知農作物收成情形以及氣候變化，旁邊還有雙龍負責護住土地。好奇嗎？那就一定要來看看！

Chapter 21

我想剪頭髮
Saya ingin menggunting rambut.

沙亞 英印 盟棍定 爛不

 30 秒記住這個說法!

1 Anda mau gunting bagaimana?

安答 媽午 棍定 巴該罵那

你想怎麼剪?

2 Tolong rapikan saja.

多龍 拉逼幹 沙扎

幫我修一下就可以了。

3 Saya ingin mengkriting rambut.

沙亞 英印 盟個里定 爛不

我想燙頭髮。

4 Apakah anda mau cuci rambut?

阿巴嘎 安答 媽午 朱機 爛不

你要洗頭嗎?

5 Gunting sesuai bentuk wajah saya.

棍定 使書愛 本度 哇扎 沙亞

你剪適合我臉型的。

6 Saya ingin gunting model rambut seperti foto ini.

沙亞 英印 棍定 模得 爛不 使ㄅ底 否多 一尼

我想剪跟這張照片一樣的髮型。

7 Saya ingin gunting model rambut yang kelihatan lebih muda.

沙亞 英印 棍定 模得 爛不 樣 個里哈但 勒比 母答

剪看起來年輕點的髮型。

8 Saya hanya ingin cuci rambut, gunting rambut dan blow rambut.

沙亞 哈娘 英印 朱機 爛不 棍定 爛不 單 ㄅ漏 爛不

我只想要洗頭髮、剪頭髮和吹頭髮。

9 Kira-kira gunting sampai sekitar bahu.

《一拉-《一拉 棍定 山拜 使《一答 巴呼

大概剪到肩膀的位置。

10 Saya ambilkan cermin untuk anda.

沙亞 安比敢 知敏 午恩度 安答

我拿鏡子給你照看看。

❶ Saya ingin gunting rambut.
沙亞 英印 棍定 爛不
我想要剪頭髮。

Saya ingin cuci rambut.
沙亞 英印 住機 爛不
我想要洗頭。

Saya ingin mewarnai rambut.
沙亞 英印 悶哇那衣 爛不
我想要染髮。

Saya ingin mengeriting rambut.
沙亞 英印 盟個里定 爛不
我想要燙頭髮。

❷ Hanya gunting lebih pendek sedikit saja.
哈娘 棍定 勒比 本得 使地ㄍㄧ 沙扎
只要剪短一點就好了。

Hanya menggunting ujung rambut saja.
哈娘 盟棍定 午中 爛不 沙扎
只要修一修髮尾就好了。

Hanya mencuci rambut saja.

哈娘 們朱機 爛不 沙扎

只要洗頭就好了。

Hanya blow rambut saja.

哈娘 ㄅ漏 爛不 沙扎

只要吹乾就好了。

❸ Kira-kira gunting sampai sekitar bahu saja.

《一拉-《一拉 棍定 山拜 使《一答 巴呼 沙扎

大概剪到肩膀上下。

Kira-kira gunting sampai sekitar telinga saja.

《一拉-《一拉 棍定 山拜 使《一答 得令阿 沙扎

大概剪到耳朵上下。

Kira-kira gunting sampai sekitar leher saja.

《一拉-《一拉 棍定 山拜 使《一答 勒和 沙扎

大概剪到頸子上下。

❹ Saya ingin keriting rambut.

沙亞 英印 個里定 爛不

我想要燙捲髮。

Saya ingin keriting lurus.

沙亞 英印 個里定 路路斯

我想要燙直髮。

Saya ingin mewarnai rambut warna merah.

沙亞 英印 悶哇那衣 爛不 哇那 冂拉

我想要染成紅色。

Saya ingin mewarnai rambut warna almond.

沙亞 英印 悶哇那衣 爛不 哇那 阿模恩

我想要染成褐色。

聊天室

A: Selamat datang!

使拉媽 搭檔

髮型設計師：歡迎光臨！

Siti: Saya ingin menggunting rambut.

沙亞 英印 盟棍定 爛不

西蒂： 我想要剪頭髮。

A: Silahkan duduk disini.Anda ingin gunting model apa?

西拉敢 都度 底西匿 安答 應印 棍定 模得 阿巴

髮型設計師：請坐這裡。你想要怎麼剪？

Siti: Saya ingin gunting pendek sedikit, gunting menurut foto ini.

沙亞 英印 棍定 本得 使底ㄍㄧ，棍定 冂怒路 否多 一尼

西蒂： 我想要剪短點，按照這張照片去剪。

A : Apakah anda mau mewarnai rambut?

阿巴嘎 安答 媽午 悶哇那衣 爛不

髮型設計師：要不要染頭髮？

聊天室

Siti : Menurut anda warna apa yang cocok dengan saya?

ㄇ怒路 安答 哇那 阿巴 樣 桌作 等安 沙亞

A : Warna kuning emas sangat cocok dengan anda.

哇那 故寧 亡媽斯 傷阿 桌作 等 安 安答

Siti : Saya tidak suka warna yang terlalu gelap.

沙亞 底答 書嘎 哇那 樣 得啦路 個拉

A : Apakah perlu cuci rambut atau gunting pendek sedikit?

阿巴嘎 ㄅ路 朱機 爛不 阿到 棍 定 本得 使底ㄍ一

Siti : Baiklah, merepotkan anda.

巴意拉˙勒播敢 安答

西蒂： 你看我染什麼顏色好看？

髮型設計師： 金黃色蠻適合你的。

西蒂： 我不喜歡太深的顏色。

髮型設計師： 要不要洗頭或者剪短一點呢？

西蒂： 好的，麻煩了。

單字易開罐		
印尼文	拼音	中文
cuci rambut	朱機 爛不	洗頭
potong rambut	播多ㄥ 爛不	剪髮
keriting rambut	個里定 爛不	燙髮
rambut pendek	爛不 本得	短髮
mewarnai rambut	悶哇那衣 爛不	染髮
rambut keriting	爛不 個里定	捲髮
rambut lurus	爛不 路路斯	直髮
model rambut	模得 爛不	造型
trend	燈	時髦
kembali ke masa lalu	跟巴里 個 媽沙 拉 路	復古
blow kering	ㄅ漏 個令	吹乾
warna	哇那	顏色
cream bath	哥琳 巴得	護髮
merapikan kuku	ㄇ拉必幹 故故	修指甲
cukur botak	朱故 播大	理平頭
memakai minyak rambut	ㄇ媽該 迷娘 爛不	抹髮油
cukur kumis	住故 故迷斯	刮鬍子
pemeliharaan bagian wajah	撥摸里哈拉安 巴基 安 哇札	臉部保養

印尼文	拼音	中文
menghilangkan sel yang mati	盟嘻浪敢 司拉 央媽 地	去角質
pijatan seluruh tubuh	比扎但 使路路 都部	全身按摩
pijatan dengan minyak	比扎但 等安 迷娘	油壓
pijatan dengan jari tangan	比扎但 等安 扎里 當安	指壓
SPA	使巴	SPA
lulur	路路	露露（Lulur）
mandi bunga	滿地 不阿	花瓣浴
mandi belerang	滿地 ㄅ勒浪	泡溫泉

Chapter 21 我想剪頭髮

旅遊豆知識

美味的南洋點心

　　印尼人最常吃的餐後點心就是「馬鈴薯春捲」和「馬鈴薯餅」，春捲裡包有馬鈴薯絲、洋蔥絲和蘿蔔絲，還加入獨特香料肉荳蔻，會有一點衝鼻的味道。薯餅也是用馬鈴薯為主要材料，佐以胡椒和鹽，當然也加了肉荳蔻。

　　因為愛吃辣的關係，所以這餐後點心所使用的沾醬也是威力不小，通常是用辣椒醬、檸檬汁、花生醬等製成，酸辣口感助於開胃及增加食慾，因為春捲和薯餅都是煎炸而成，加點醬料可以減低油膩感。

Chapter

22

我覺得有點不舒服

Saya merasa sedikit tidak enak badan.

沙亞 ㄇ拉沙 使地ㄍㄧ 底答 ㄊ那 巴但

 30 秒記住這個說法!

1 Saya merasa sedikit tidak enak badan.

沙亞 ㄇ拉沙 使地ㄍㄧ 地答 ㄊ那 巴但

我覺得有點不舒服。

---

2 Saya mau mendaftar.

沙亞 媽午 們搭夫搭

我想要掛號。

---

3 Saya pilek.

沙亞 比勒

我感冒了。

---

4 ah! anda ada sedikit demam.

啊!安答 阿答 使地ㄍㄧ 得滿

咦!你有點發燒啊。

---

5 Anda duduk sebentar, tunggu nama anda dipanggil.

安答 都度 使本答，東故 那媽 安答 地幫ㄍㄧ

那裡坐一下，等叫名字。

---

6 Perut saya sangat sakit.

ㄅ陸 沙亞 傷阿 沙ㄍㄧ

我肚子很痛。

---

7 Muntah berak sangat sengsara.

母恩答 ㄅ辣 上阿 聲沙拉

上吐下瀉很難過。

---

8 Luka tangan.

路嘎 當安

弄傷手。

---

9 Anak-anak tidak berselera makan.

阿納-阿納 底答 ㄅ使勒拉 媽敢

小朋友沒胃口吃東西。

---

10 Kulit sangat kering dan gatal.

故里 傷阿 個另 但 嘎搭

皮膚乾燥發癢。

❶ Saya merasa tidak enak badan.

沙亞 ㄇ拉沙 底答 ㄊ那 巴但

我覺得有點不舒服。

Saya merasa sedikit demam.

沙亞 ㄇ拉沙 使底ㄍ一 得滿

我覺得有點發燒。

Saya merasa ada sedikit flu.

沙亞 ㄇ拉沙 阿答 使底ㄍ一 ㄈ路

我覺得有點流鼻水。

Saya merasa ada sedikit sakit mag.

沙亞 ㄇ拉沙 阿答 使底ㄍ一 沙ㄍ一 罵

我覺得有點胃痛。

❷ Saya ingin periksa spesialis bagian dalam .

沙亞 英印 ㄅ力沙 使ㄅ西阿里斯 巴ㄍ一安 答爛

我想要看內科。

Saya ingin periksa spesialis bagian luar .

沙亞 英印 ㄅ力沙 使ㄅ西阿里斯 巴ㄍ一安 路阿

我想要看外科。

Saya ingin periksa spesialis bagian tulang.
沙亞 英印 ㄅ力沙 使ㄅ西阿里斯 巴ㄍ一安 都浪
我想要看骨科。

Saya ingin periksa spesialis bagian ibu hamil.
沙亞 英印 ㄅ力沙 使ㄅ西阿里斯 巴ㄍ一安 一部 哈迷
我想要看婦科。

❸ Obat sehari minum tiga kali, sekali minum satu butir.
乙巴 使哈里 迷弄 底嘎 嘎里，使嘎里 迷弄 沙度 不地
藥一天服三次，每次一粒。

Obat sehari minum dua kali, sekali minum dua butir.
乙巴 使哈里 迷弄 都阿 嘎里，使嘎里 迷弄 都阿 不地
藥一天服兩次，每次二粒。

Obat sehari minum empat kali, sekali minum satu butir.
乙巴 使哈里 迷弄 恩巴 嘎里，使嘎里 迷弄 沙度 不地
藥一天服四次，每次各一粒。

❹ Punggung saya sakit sekali.
不ㄥ共 沙亞 沙ㄍ一 使嘎里
我的肩膀好痛。

Gigi saya sakit sekali.
ㄍ一ㄍ一 沙亞 沙ㄍ一 使嘎里
我的牙齒好痛。

Mata saya sakit sekali.
媽答 沙亞 沙ㄍ一 使嘎里
我的眼睛好痛。

聊天室

A： Anda merasa bagian mana yang tidak nyaman/enak?
安答 ㄇ拉沙 巴ㄍ一安 媽那 樣 底答娘滿／ㄜ那

Siti： Beberapa hari ini sehabis makan nasi, bagian lambung serasa dililit.
ㄅㄅ拉巴 哈里 一尼 使哈比斯 媽敢 那西，巴ㄍ一安 爛不ㄥ 使拉沙地理力

A： Baiklah, saya ukur suhu tubuh dulu.
巴意拉，沙亞 午故 書呼 都不 都路

醫生： 你覺得哪裡不舒服？
西蒂： 這幾天吃完飯之後，胃部都會抽縮地痛。
醫生： 好的，我先幫你量一下體溫吧。

Siti : Bagian sini paling sakit.
巴《一安　息尼　巴另　沙《一

A : Tarik napas, santai!
搭力　那巴斯，山代

西蒂： 這裡覺得最痛。
醫生： 深呼吸，放鬆！

 聊天室

Siti : Apakah kondisi saya parah?
阿巴嘎　鍋恩底西　沙亞　巴拉

A : Anda cuma terlalu lelah, harus banyak istirahat.
安答　朱媽　得拉路　勒拉，哈路斯巴娘　一斯地拉哈

Siti : Tidak ada cara lain, akhir-akhir ini sering lembur.
地答　阿答　扎拉　拉印，阿厂一-阿厂一　一尼　使令　冷不

A : Asal jangan terlalu capek saja sudah tidak ada masalah.
阿沙　掌安　得啦路　扎勹　沙扎　書答底答　阿答　媽沙拉

Siti : Saya pikir lebih baik saya cuti untuk istirahat saja.
沙亞　比《一　勒比　巴意　沙亞　朱地午恩度　一斯底拉哈　沙扎

西蒂： 我會不會很嚴重？
醫生： 你可能是太累了，要多休息。
西蒂： 沒有辦法，近來常常加班熬夜。
醫生： 工作不要太操勞就沒事了。
西蒂： 我想我還是請假休息一下好了。

單字易開罐		
印尼文	拼音	中文
rumah sakit	路媽 沙ㄍㄧ	醫院
apotik	阿播地	藥局
dokter	多得	醫生
suster	書斯得	護士
dokter gigi	多得 ㄍㄧㄍㄧ	牙醫
ambulan	安不爛	救護車
periksa kesehatan	ㄅㄌ沙 個十哈但	看病
stetoskop	十得多斯鍋	聽診器
mendaftar	們答夫答	掛號
flu	ㄈ路	感冒
sakit kepala	沙ㄍㄧ 個巴拉	頭痛
demam	得滿	發燒
mencret	悶之累	拉肚子
muntah	母恩答	嘔吐
sakit gigi	沙ㄍㄧ ㄍㄧㄍㄧ	牙疼
sakit mata	沙ㄍㄧ 媽搭	眼睛痛

印尼文	拼音	中文
sakit tenggorokan	沙《一 等鍋羅敢	喉嚨痛
kulit sensitif	故里 身西地夫	皮膚過敏
luka	路嘎	受傷
insomia (tidak bias tidur)	印說咪阿（低它 逼 殺 低兔禿）	失眠
kecelakaan	個知拉嘎安	車禍
shock	西乙	休克
Akibat terlalu lama berjemur di bawah matahari	阿《一巴 得拉路 拉媽ㄅ之母 底巴 哇 媽答哈里	中暑
pingsan	兵山	昏倒
tidak berselera	底答ㄅ使勒拉	胃口不好
letih	勒地	勞累
lembur	冷不	加班
bergadang	ㄅ嘎當	熬夜
cuti	朱地	請假
istirahat	一斯地拉哈	休息
operasi	乙ㄅ拉西	開刀

Chapter 22 我覺得有點不舒服

印尼文	拼音	中文
spesialis bagian dalam	使ㄅ西阿里斯 巴ㄍ 一安 答爛	內科
spesialis bagian luar	使ㄅ西阿里斯 巴ㄍ 一安 路阿	外科
spesialis kulit	使ㄅ西阿里斯 故力	皮膚科
pilek	比勒	流鼻水
lambung	爛不ㄥ	胃
kerongkongan	個龍鍋安	喉嚨
kepala	個巴拉	頭
kaki	嘎ㄍ一	腳
pinggang	兵港	腰
punggung	不ㄥ公	肩膀
gigi	ㄍ一ㄍ一	牙齒
golongan darah	鍋龍安 答拉	血型
golongan O	鍋龍安 ㄛ	O型
golongan A	鍋龍安 阿	A型
golongan B	鍋龍安 ㄅ	B型
golongan AB	鍋龍安 阿ㄅ	AB型

PART 4

速 成 活 用 篇

Chapter 23

我坐公車到中國城
Saya naik bus ke cina town.

沙亞 那意 必斯 個 機那 當

 30 秒記住這個說法！

1 Satu lembar karcis bus ke cina town.
沙度 冷巴 嘎機斯 必斯 個 機那 當
一張去中國城的車票。

2 Apakah bisa naik bus kesana?
阿巴嘎 比沙 那意 必斯 個沙那
坐公車去可不可以？

3 Numpang nanya, berapa harga satu karcis?
弄幫 那娘，勺拉巴 哈嘎 沙度 嘎機斯
請問，一張車票多少錢？

4 Saya ingin pesan karcis kereta api untuk besok.
沙亞 英印 勺山 嘎機斯 個勒搭 阿比 午恩度 勺碩
我想要預訂明天的火車票。

5 Numpang nanya apakah boleh mengembalikan karcis?

弄幫 那娘 阿巴嘎 播勒 盟恩巴里敢 嘎機斯

請問可不可以退票？

6 Dilarang merokok diatas kereta.

地拉浪 ㄇ羅鍋 地阿答斯 個勒搭

車上不准抽煙。

7 Panggilkan satu taksi kesana.

幫ㄍ一敢 沙度 搭西 個沙那

招一台計程車去。

8 Apakah bus ini ke bandara udara?

阿巴嘎 不斯 一尼 個 半搭拉 午答拉

這輛公車是不是去機場的？

9 Numpang nanya loket ada dimana?

弄幫 那娘 羅個 阿搭 地媽那

請問售票處在哪裡？

10 Saya mau turun disini.

沙亞 媽屋 都論 地西尼

我想在這裡下車。

❶ Satu lembar karcis bus ke cina town.

沙度 冷巴 嘎機斯 必斯 個 及那 當

一張去中國城的車票。

Dua lembar karcis bus ke stasiun kereta api.

都阿 冷巴 嘎機斯 必斯 個 使搭西午恩 個勒搭 阿比

兩張去火車站的車票。

Tiga lembar karcis bus ke bandara udara.

底嘎 冷巴 嘎機斯 必斯 個 半答拉 午答拉

三張去機場的車票。

❷ Numpang nanya dimana loket?

弄幫 那娘 底媽那 羅個

請問售票處在那邊？

Numpang nanya dimana pintu masuk?

弄幫 那娘 底媽那 兵度 媽樹

請問入口在那邊？

Numpang nanya dimana pintu keluar?

弄幫 那娘 底媽那 兵度 個路阿

請問出口在那邊？

Numpang nanya dimana loket informasi?

弄幫 那娘 底媽那 羅個 印否媽西

請問詢問處在那邊？

❸ Apakah bus ini ada sampai bandara udara?

阿巴嘎 必斯 一尼 阿搭 山拜 半答拉 午搭拉

這輛車有沒有到機場？

Apakah bus ini ada sampai stasiun kereta api?

阿巴嘎 必斯 一尼 阿搭 山拜 使搭西午恩 個勒搭 阿比

這輛車有沒有到火車站？

Apakah bus ini ada sampai cina town?

阿巴嘎 必斯 一尼 阿搭 山拜 及那 當

這輛車有沒有到中國城？

❹ Kita naik bus kesana.

《一答 那意 必斯 個沙那

我們搭公車去。

Kita naik taksi kesana.

《一答 那意 搭西 個沙那

我們搭計程車去。

Kita naik kereta api kesana.

《一答 那意 個勒搭 阿比 個沙那

我們搭火車去。

Kita naik kapal kesana.

《一答 那意 嘎巴 個沙那

我們搭船去。

 聊天室

Siti : Saya besok ingin ke mall.

沙亞 ㄅ碩 英印 個 媽

Arina : Untuk apa anda kesana?

午恩度 阿巴 安答 個沙那

Siti : Saya ada satu teman dari luar negeri, ingin membawa dia jalan-jalan kesana.

沙亞 阿答 沙度 得滿 答里 路阿 呢個里，英印 們巴哇 底阿 扎爛-扎爛 個沙那

Arina : Pergi jalan-jalan, beli barang sangat menyenangkan.

ㄅ《一 扎爛-扎爛，ㄅ里 巴浪 傷阿ㄇ呢南敢

Siti : Tapi besok hari libur, kemungkinan bisa macet.

搭比 ㄅ碩 哈里 里不，個母ㄥ《一南 比沙 媽知

西蒂： 我明天想去百貨公司。

阿麗娜：你去那裡做什麼？

西蒂： 我有一個外國朋友來了，想帶她去逛街。

阿麗娜：去逛街、買東西很好玩。

西蒂： 不過明天是放假，可能會塞車。

聊天室

Arina： Apakah anda mau pergi
naik bus?
阿巴嘎 安答 媽午 ㄅㄍㄧ 那意 必
斯

Siti： Tidak, saya naik taksi.
底答，沙亞 那意 搭西

Arina： Lebih baik berangkat lebih
awal, menghindari orang
ramai.
勒比 巴意 ㄅ浪嘎 勒比 阿哇，盟印
答里 乀浪 拉買

Siti： Saya tahu, tidak usah kuatir.
沙亞 答午，底答 午沙 故阿地

Arina： Semoga menyenangkan.
使模嘎 ㄇ呢南敢

阿麗娜：你要坐公車去
嗎？
西蒂： 不是，我要坐
計程車去。
阿麗娜：最好要早點出
門，避開人
潮。
西蒂： 我會的，不用
擔心。
阿麗娜：祝你們玩得高
興。

單字易開罐		
印尼文	拼音	中文
pergi	ㄅㄍㄧ	去
naik bus	那意 必斯	坐車
karcis bus	嘎機斯 必斯	車票
beli karcis	ㄅ里 嘎機斯	買票
mengembalikan karcis	盟恩巴里敢 嘎機斯	退票
merokok	ㄇ羅鍋	抽煙
turun bus	都論 必斯	下車
naik bus	那意 必斯	上車
pintu masuk	兵度 媽樹	入口
pintu keluar	兵度 個路阿	出口
loket informasi	羅個 印否媽西	詢問處
loket karcis	羅個 嘎機斯	售票處
bus	必斯	公車
taksi	搭西	計程車

Chapter 24

可不可以借我書？
Apakah saya boleh pinjam buku?

阿巴嘎 沙亞 播勒 兵站 不故

 30 秒記住這個說法！

1 Apakah saya boleh pinjam buku?
阿巴嘎 沙亞 播勒 兵站 不故
可不可以借我書？

2 Bisa bantu saya sebentar?
比沙 半度 沙亞 使本答
可不可以幫我一下？

3 Tolong bicara pelan sedikit?
多龍 比扎拉 ㄅ爛 使地ㄍㄧ
可不可以說慢一點？

4 Sebelum keluar rumah harus kunci pintu.
使ㄅ論 個路阿 路媽 哈路斯 棍機 兵度
出門之前要鎖門。

5 Apakah saya boleh pinjam pensil anda?

阿巴嘎 沙亞 播勒 兵站 本西 安答

你的筆可不可以借給我？

---

6 Boleh diperkecil sedikit suaranya?

播勒 底ㄅ個機 失低ㄍㄧ 書阿拉娘

可不可以小聲一點？

---

7 Tolong tutup lampu.

多龍 都度 爛不

請關燈。

---

8 Maaf, merepotkan anda.

媽阿夫，ㄇ勒播敢 安答

麻煩你了，不好意思。

---

9 Tolong bantu saya lihat komputer.

多龍 半度 沙亞 里哈 鍋恩不得

可不可以麻煩你幫我看一下電腦。

---

10 Baiklah,tidak ada masalah.

巴意拉，底答 阿答 媽沙拉

好的，沒有問題。

一說就會練習區

❶ Apakah saya boleh meminjam satu buah buku?

阿巴嘎 沙亞 播勒 ㄇ敏沾 沙度 不阿 不故
可不可以借本書給我呀？

Apakah saya boleh meminjam satu buah pensil?

阿巴嘎 沙亞 播勒 ㄇ敏沾 沙度 不阿 本西
可不可以借支筆給我呀？

Apakah saya boleh meminjam komputer?

阿巴嘎 沙亞 播勒 ㄇ敏沾 鍋恩不得
可不可以借電話給我呀？

❷ Sebelum keluar rumah harus kunci pintu.

使ㄅ論 個路阿 路媽 哈路斯 棍機 兵度
出門之前要鎖門。

Sebelum keluar rumah harus tutup lampu.

使ㄅ論 個路阿 路媽 哈路斯 都度 爛不
出門之前要熄燈。

Sebelum keluar rumah harùs tutup komputer.
使ㄅ論 個路阿 路媽 哈路斯 都度 鍋恩不得
出門之前要關電腦。

③ Bisa diperkecil sedikit suaranya?
比沙 地ㄅ個機 失低ㄍㄧ 書阿拉娘
可不可以請你小聲點？

Bisa keraskan sedikit suara anda?
比沙 個拉斯敢 失低ㄍㄧ 書阿拉 安答
可不可以請你大聲點？

Bisa diperjelas maksud anda?
比沙 底ㄅ知拉斯 媽書 安答
可不可以請你說清楚點？

Bisa bicara pelan sedikit?
比沙 比扎拉 ㄅ爛 使底ㄍㄧ
可不可以請你說慢點？

④ Tolong perbaiki komputer saya?
多龍 ㄅ巴ㄧㄍㄧ 鍋恩不得 沙亞
請你幫我修一下電腦好嗎？

Tolong perbaiki kulkas saya?
多龍 ㄅ巴一ㄍ一 故嘎斯 沙亞
請你幫我修一下冷氣機好嗎？

Tolong perbaiki henpon saya?
多龍 ㄅ巴一ㄍ一 很播恩 沙亞
請你幫我修一下手機好嗎？

旅遊豆知識

巴里島濃濃異國風情

　　編織物、木雕、繪畫一直是巴里島的著名藝術品。編織物雖有許多是從其他島嶼運送而來，但如Songket布料（傳統舞蹈表演者所穿）即是巴里島本地所產，十分華麗亮眼，以金線或銀線織成美麗的動植圖案。另一種Endek織法則是以抽象的圖案為主。想要買傳統服飾或織品可以到Kuta的街上逛逛，那有許多選擇，記得要貨比三家，挑選品質較好、價格合理的商品。而有些地方的織品中心提供為遊客現場繪製，可在衣物上繪染美麗圖案，因技術已爐火純青，一下子就有成品產生，讓遊客帶回家！

聊天室

Siti :	Maaf, saya tetangga sebelah anda . 媽阿夫,沙亞 得當嘎 使ㄅ拉 安答	西蒂:	不好意思,我是隔壁的住戶。
Siti :	Tolong kecilkan suara tape anda? 多龍 個機敢 書阿拉 得 安答	西蒂:	請把音響弄小聲一點可以嗎?
A :	Maaf, saya menyetel terlalu keras. 媽阿夫,沙亞 ㄇ呢得 得啦路 個拉詩	鄰居:	不好意思,我開得太大聲了。
Siti :	Soalnya bisa mengganggu tetangga sebelah. 碩阿娘 比沙 盟港故 得當嘎 使ㄅ拉	西蒂:	因為這樣會吵到別的住戶。
A :	Maaf, akan saya perhatikan. 媽阿夫,阿敢 沙亞 ㄅ哈底敢	鄰居:	對不起,我會注意的。

聊天室

Siti :	Saya ingin meminjam buku catatan bahasa Inggris.
	沙亞 英印 ㄇ敏沾 不故 扎搭但 巴哈沙 英里斯
Arina :	Buku bahasa Inggris? Saya tidak bawa hari ini.
	不故 巴哈沙 英格里斯 沙亞 地答 巴哇 哈里 一匿
Siti :	Tolong bawa besok?
	多龍 巴哇 ㄅ碩
Arina :	Pasti boleh.
	巴斯地 播勒
Siti :	Merepotkan anda.
	ㄇ勒播敢 安答

西蒂： 我想跟你借英文筆記。

阿麗娜：英文筆記？我今天沒有帶呢。

西蒂： 你可不可以明天借給我？

阿麗娜：當然可以。

西蒂： 那麼就麻煩你了。

Chapter 24 可不可以借我書？

單字易開罐		
印尼文	拼音	中文
boleh	播勒	可以
merepotkan	ㄇ勒播敢	麻煩
meminjam	ㄇ敏沾	借
bisa atau tidak	比沙 阿到 底答	行不行
pintu	兵度	門
tutup lampu	都度 爛不	關燈
henpon	很播恩	手機
komputer	鍋恩不得	電腦
tape	得	音響
telepon	得勒播恩	電話
keraskan suaranya	個拉斯敢 書阿拉娘	大聲點
lebih jelas	勒比 知拉斯	清楚點
kecilkan suaranya	個機敢 書阿拉娘	小聲點
tetangga	得當嘎	鄰居
buku catatan bahasa Inggris	不故 扎搭但 巴哈沙 英格里斯	英文筆記

Chapter
25

不好意思（抱歉的話）
Maaf

媽阿夫

 30 秒記住這個說法！

1 Maaf, numpang lewat.

媽阿夫，弄幫 勒哇

不好意思，借過一下。

2 Maaf, boleh pinjam pen anda?

媽阿夫，播勒 兵沾 本 安答

不好意思，筆可不可以借我？

3 Maaf, saya ingin menanyakan jalan.

媽阿夫，沙亞 英印 ㄇ那娘敢 扎爛

不好意思，我想問路。

4 Saya bersalah kepada anda.

沙亞 ㄅ沙拉 個巴答 安答

我對不起你。

5 Semoga anda bisa memaafkan saya.

使模嘎 安答 比沙 ㄇ媽阿夫敢 沙亞

希望你會原諒我。

6 Minta maaf.

敏答 媽阿夫

非常抱歉。

7 Maaf, saya tidak bisa datang.

媽阿夫，沙亞 地答 比沙 搭檔

不好意思，我不能來。

8 Ini kesalahan saya salah mengingat waktu.

一尼 個沙拉含 沙亞 沙拉 盟一阿 哇度

是我不小心弄錯了時間。

9 Jangan menyalahkan dia, dia tidak
sengaja.

掌安 ㄇ那拉敢 地阿，地阿 底答 生阿扎

不要責怪他，他不是故意的。

10 Tidak apa-apa, tidak ada masalah.

底答 阿巴-阿巴，底答 阿答 媽沙拉

沒關係，沒事了。

一說就會練習區

❶ Maaf, bolehkah saya duduk disini?

媽阿夫，播勒嘎 沙亞 都度 底細尼？

不好意思，我可以坐下來嗎？

Maaf, bolehkah saya minta petunjuk?

媽阿夫，播勒嘎 沙亞 敏搭 ㄅ敦朱

不好意思，我可以請教一下嗎？

Maaf, bolehkah saya minta tolong?

媽阿夫，播勒嘎 沙亞 敏搭 多龍

不好意思，我可以請你幫個忙嗎？

❷ Semoga anda bisa memaafkan saya.

使模嘎 安答 比沙 ㄇ媽阿夫敢 沙亞

希望你能原諒我。

Semoga anda bisa mengerti.

使模嘎 安答 比沙 盟ㄜ地

希望你能瞭解我。

Semoga anda jangan menyalahkan saya.

使模嘎 安答 掌安 ㄇ那拉敢 沙亞

希望你別責怪我。

❸ Saya salah ingat waktu.

沙亞 沙拉 英阿 哇度

我弄錯時間了。

Saya salah ingat hari.

沙亞 沙拉 英阿 哈里

我弄錯日期了。

Saya salah ingat tempat.

沙亞 沙拉 英阿 等巴

我弄錯地方了。

聊天室

Siti : Saya bersalah terhadap anda.

沙亞 ㄅ沙拉 得哈搭 安答

Arina : Ada masalah segawat apa?

阿答 媽沙拉 使嘎哇 阿巴

Siti : Saya tidak sengaja mengotori buku anda.

沙亞 地答 聲阿扎 盟乙多里 不故 安答

西蒂：我對不起你。

阿麗娜：什麼事那麼嚴重？

西蒂：我不小心把你的書弄髒了。

Arina : Buku yang mana?

不故 樣 媽那

阿麗娜：哪一本書？

西蒂： 上次跟你借的
那本英文書。

Siti : Buku bahasa Inggris yang
hari itu saya pinjam.

不故 巴哈沙 英格里斯 樣 哈里 一
度 沙亞 兵站

聊天室

Arina : Kok bisa begitu?

鍋 比沙 ㄅㄍ一度

阿麗娜：怎麼會這樣？

西蒂： 因為那天下大
雨，不小心掉
在地上。

阿麗娜：沒關係，你也
不是故意的。

西蒂： 我買本新的還
你。

阿麗娜：不用了。

Siti : Soalnya hari itu hujan lebat,
bukunya tidak sengaja jatuh
ke lantai.

碩阿娘 哈里 一度 呼沾 勒巴，不故
娘 地答 勝阿扎 扎度 個 爛代

Arina : Tidak apa-apa, anda juga
bukan sengaja.

地答 阿巴-阿巴，安答 朱嘎 逋幹
勝阿扎

Siti : Saya belikan buku baru
untuk anda.

沙亞 ㄅ里敢 不故 巴路 午恩度 安
答

Arina : Tidak usah .

地答 午沙

單字易開罐		
印尼文	拼音	中文
maaf	媽阿夫	道歉
memaafkan	ㄇ媽阿夫敢	原諒
keberatan	個ㄅ拉但	介意
terbuka	得不嘎	大方
marah	媽拉	生氣
tidak apa-apa	地答 阿巴-阿巴	沒有關係
maaf	媽阿夫	對不起
sori	說里	抱歉
parah	巴拉	嚴重
kotor	鍋多	骯髒
tidak hati-hati	地答 哈地-哈地	不小心

Chapter 26

你今天有沒有空？
Apakah anda ada waktu hari ini?

阿巴嘎 安答 阿答 哇度 哈里 一匿

 30 秒記住這個說法！

1 Saya ingin mengajak anda keluar.

沙亞 英印 盟阿扎 安答 個路阿

我想約你出去。

2 Apakah anda ada waktu hari ini?

阿巴嘎 安答 阿答 哇度 哈里 一匿

你今天有沒有空？

3 Kapan anda ada waktu?

嘎半 安答 阿答 哇度

你什麼時候有空？

4 Sekitar pukul tiga siang.

使ㄍ一搭 不故 地嘎 西骯

大概下午三點。

5 Saya ingin mengajak anda pergi nonton filem.

沙亞 英印 盟阿扎 安答 ㄅㄍㄧ 諾恩多恩 ㄈㄧ冷

想約你去看電影。

---

6 Terima kasih atas undangan anda.

得里媽 嘎西 阿答斯 午恩當安 安答

謝謝你的邀請。

---

7 Baik, saya akan tunggu anda.

巴意，沙亞 阿敢 東故 安答

好，我們等你。

---

8 Jangan terlambat.

掌安 得爛巴

不要遲到。

---

9 Besok datang tepat waktu.

ㄅ說 答當 得巴 哇度

明天準時見。

---

10 Saya ada masalah tidak bisa datang.

沙亞 阿答 媽沙拉 地答 比沙 搭檔

我有事不能來。

一說就會練習區

❶ Saya ingin mengajak anda nonton filem.

沙亞 英印 盟阿扎 安答 諾多恩 ㄈㄧ一冷

我想約你去看戲。

Saya ingin mengajak anda lihat pertunjukan tari.

沙亞 英印 盟阿扎 安答 里哈 ㄅ敦朱敢 搭里

我想約你去看舞蹈表演。

Saya ingin mengajak anda lihat opera.

沙亞 英印 盟阿扎 安答 理哈 ㄛㄅ拉

我想約你去看歌劇。

Saya ingin mengajak anda lihat konser.

沙亞 英印 盟阿扎 安答 理哈 鍋恩使

我想約你去看演唱會。

❷ Apakah anda hari ini ada waktu?

阿巴嘎 安答 哈里 一尼 阿答 哇度

你今天有空嗎?

Apakah anda besok ada waktu?

阿巴嘎 安答 ㄅ碩 阿答 哇度

你明天有空嗎？

Apakah anda besok lusa ada waktu?

阿巴嘎 安答 ㄅ碩 路沙 阿答 哇度

你後天有空嗎？

Apakah anda minggu depan ada waktu?

阿巴嘎 安答 敏故 得半 阿答 哇度

你下個禮拜有空嗎？

❸ Senin depan saya ada waktu

使您 得半 沙亞 阿答 哇度

我下個禮拜一有空。

Selasa depan saya ada waktu.

使拉沙 得半 沙亞 阿答 哇度

我下個禮拜二有空。

Rabu depan saya ada waktu

拉不 得半 沙亞 阿答 哇度

我下個禮拜三有空。

❹ Saya ada urusan tidak bisa pergi.

沙亞 阿答 午路山 地答 比沙 ㄅㄍㄧ

我有事不能去。

Saya mau kerja tidak bisa pergi.

沙亞 媽午 個扎 地答 比沙 ㄅㄍㄧ

我要上班不能去。

Saya mau rapat tidak bisa pergi.

沙亞 媽午 拉巴 地答 比沙 ㄅㄍㄧ

我要開會不能去。

 聊天室

Arina :	Apakah anda besok ada waktu?
	阿巴嘎 安答 ㄅ說 阿答 哇度
Siti :	Ada masalah apa?
	阿答 媽沙拉 阿巴
Arina :	Saya besok ulang tahun, saya ingin mengajak teman pergi KTV.
	沙亞 ㄅ碩 午浪 搭午恩，沙亞 英印 盟阿扎 得滿 ㄅㄍㄧ KTV

阿麗娜：你明天有沒有空？

西蒂： 有什麼事嗎？

阿麗娜：我明天生日，我想約一些朋友去唱KTV。

Siti : Anda janji jam berapa?

安搭 沾機 沾 ㄅ拉巴

Arina: Kita janji besok siang jam dua belas.

ㄍㄧ答 沾機 ㄅ碩 西骯 沾 都阿 ㄅ拉斯

西蒂 : 你們約幾點？

阿麗娜：我們約了明天中午十二點。

 聊天室

Siti : Tapi besok saya harus kembali ke kantor pusat untuk rapat.

搭比 ㄅ碩 沙亞 哈路斯 跟巴里 個 敢多 不沙 溫都 拉巴

Arina : Rapat sampai jam berapa?

拉巴 山拜 沾 ㄅ拉巴

Siti : Mungkin akan terlambat satu jam.

盟ㄍㄧ恩 阿敢 得爛巴 沙度 沾

Arina : Tidak apa-apa, saya akan jemput kamu kalau sampai.

地答 阿巴-阿巴，沙亞 阿敢 真不 嘎母 嘎老 山拜

Siti : Baiklah, kalau begitu sampai ketemu besok.

巴意拉，嘎老 ㄅㄍㄧ度 山拜 個得 母 ㄅ碩

西蒂 : 但是我明天要回總公司開會。

阿麗娜：會議要開到幾點？

西蒂 : 可能要晚一個小時才能來。

阿麗娜：沒關係，等你到了之後我來接你。

西蒂 : 好的，那麼明天見。

單字易開罐		
印尼文	拼音	中文
mengundang	盟午恩當	邀請
janji temu	沾機 得母	約會
janji	沾機	約定
menyetujui	悶亡都出衣	答應
membatalkan	們巴答敢	拒絕
menepati janji	ㄇ呢巴地 沾機	赴約
mengingkari janji	盟印嘎里 沾機	失約
tepat waktu	得巴 哇度	準時
terlambat	得爛巴	遲到
kemarin lusa	個媽林 路沙	前天
kemarin	個媽林	昨天
hari ini	哈里 一尼	今天
besok	ㄅ碩	明天
besok lusa	ㄅ碩 路沙	後天
nyanyi KTV	那尼 KTV	唱KTV
rapat	拉巴	開會

Chapter 27

恭喜你了！
Selamat!

使拉媽

 30 秒記住這個說法！

❶ Semoga perjalanan anda menyenangkan.

使模嘎 勹扎拉南 安答 ㄇ呢南敢

祝你旅途愉快。

❷ Selamat ulang tahun.

使拉媽 午浪 搭呼恩

祝你生日快樂。

❸ Semoga pekerjaan anda lancar.

使模嘎 勹個扎安 安答 爛扎

祝你工作順利。

❹ Semoga anda sehat selalu.

使模嘎 安答 使哈 使拉路

祝你身體健康。

5 Semoga anda cepat sembuh.

使模嘎 安答 之巴 身不

祝你早日康復。

6 Terima kasih.

得里媽 嘎西

謝謝你。

7 Berkat perhatian anda.

ㄅ嘎 ㄅ哈底安 安答

都是承蒙您關照。

8 Terima kasih atas hadiah ulang tahun anda.

得里媽 嘎西 阿答斯 哈地亞 午浪 搭呼恩 安答

謝謝你的生日禮物。

9 Selamat berbahagia!

使拉媽 ㄅ巴哈ㄍ一阿

恭喜你結婚！

10 Selamat atas kenaikan pangkat, tos!

使拉媽 阿答斯 個那一敢 幫嘎，多斯！

祝賀你升職，乾杯！

❶ Selamat ulang tahun!

使拉媽 午浪 搭呼恩

祝你生日快樂！

Semoga pelajaran anda lancar!

使模嘎 ㄅ拉扎爛 安答 爛扎

祝你學業進步！

Semoga bisnis anda lancar!

使模嘎 比斯尼斯 安答 爛扎

祝你生意興隆！

Semoga cepat punya anak!

使模嘎 之巴 不娘 阿納

祝你早生貴子！

❷ Selamat ulang tahun!

使拉媽 午浪 搭呼恩

生日快樂！

Selamat tahun baru!

使拉媽 搭呼恩 巴路

新年快樂！

Selamat natal!

使拉媽 那答

聖誕節快樂！

Selamat valentine!

使拉媽 發冷定

情人節快樂！

❸ Keberhasilan saya hari ini, berkat perhatian anda.

個ㄅ哈西爛 沙亞 哈里 一尼，ㄅ嘎 ㄅ哈地安 安答

我今日的成就，都是你的關照。

Keberhasilan saya hari ini, berkat bantuan anda.

個ㄅ哈西爛 沙亞 哈里 一尼，ㄅ嘎 半都安 安答

我今日的成就，都是你的幫忙。

Keberhasilan saya hari ini, berkat pengajaran anda.

個ㄅ哈西爛 沙亞 哈里 一尼，ㄅ嘎 崩阿扎爛 安答

我今日的成就，都是你的教導。

4 Selamat berbahagia!

使拉媽 ㄅ巴哈ㄍ一阿

恭喜你結婚！

Selamat atas kenaikan pangkat!

使拉媽 阿答斯 個那一敢 幫嘎

恭喜你升職！

Selamat atas penghargaan yang anda terima!

使拉媽 阿答斯 崩哈嘎安 樣 安答 得里媽

恭喜你得獎！

Selamat atas kelulusan masuk universitas!

使拉媽 阿答斯 個路路三 媽書 屋尼ㄈ西搭斯

恭喜你考上大學！

 聊天室

Arina :	Selamat ulang tahun!	阿麗娜：你好，生日快樂！
	使拉媽 午浪 搭呼恩	西蒂：別客氣，先進來坐吧。
Siti :	Tidak usah malu-malu, silahkan duduk.	
	底答 午沙 媽路-媽路，西拉敢 都度	

Arina : Hari ini anda cantik sekali!
哈里 一尼 安答 沾地 使嘎里

Siti : Terima kasih!
得里媽 嘎西

Arina : Hadiah ini untuk anda.
哈底阿 一匿 午恩度 安答

阿麗娜：你今天打扮的真漂亮啊！

西蒂： 謝謝！

阿麗娜：這份禮物送給你的。

 聊天室

Siti : Kotak musik yang sangat istimewa.
鍋搭 母西 樣 傷阿 一斯底門哇

Arina : Apakah anda suka?
阿巴嘎 安答 書嘎

Siti : Tentu suka, pasti sangat mahal?
等度 書嘎，巴斯地 傷阿 媽哈

Arina : Tidak mahal, asal kamu suka.
底答 媽哈，阿沙 嘎母 書嘎

Siti : Anda duduk dulu, saya tuangkan teh untuk anda.
安答 都度 都路，沙亞 都耽敢 得 午恩 度 安答

西蒂： 好精緻的音樂盒。

阿麗娜：你喜不喜歡？

西蒂： 當然喜歡，一定很貴吧？

阿麗娜：不會啦，你喜歡就好了。

西蒂： 你坐一下，我先去倒一杯茶給你。

Chapter 27 恭喜你了！

211

單字易開罐		
印尼文	拼音	中文
selamat	使拉媽	恭喜
menikah	ㄇ尼嘎	結婚
naik pangkat	那意 幫嘎	升職
menerima penghargaan	ㄇ呢里媽 崩哈嘎安	得獎
lulus masuk universitas	路路斯 媽樹 午匯ㄈ 西答斯	考上大學
badan	巴但	身體
kesehatan	個使哈但	健康
sembuh	身不	康復
hari natal	哈里 那答	聖誕節
hari valentine	哈里 發冷定	情人節
tahun baru	搭呼恩 巴路	新年
suka	書嘎	喜歡
silahkan duduk	西拉敢 都度	請坐
cantik	沾地	漂亮
kado	嘎多	禮物
istimewa	一斯地ㄇ哇	精緻
kotak musik	鍋搭 母西	音樂盒
tamu	搭母	客人
tuan rumah	都安 路媽	主人
menuangkan teh	ㄇ怒骯敢 得	倒茶

Chapter 28

那位小姐真漂亮！
Gadis itu sangat cantik!

嘎底斯 一度 傷阿 沾地

 30 秒記住這個說法！

1 Gadis ini sangat cantik!
嘎底斯 一尼 傷阿 沾地
這個女孩子真漂亮！

2 Baju anda sangat cantik.
巴朱 安答 傷阿 沾地
你的衣服真好看。

3 Pemandangan pulau Bali sangat bagus.
ㄅ滿當安 不老 巴里 傷阿 巴故斯
巴里島的風景真美。

4 Pemandangan pantai sangat bagus.
ㄅ滿當安 班代 傷阿 巴故斯
海邊的風景真美。

5 Anak perempuan anda sangat lucu.

阿納 ㄅ冷不安 安答 傷阿 路朱

你的小女兒真可愛。

6 Anak anda sangat pandai.

阿納 安答 傷阿 半代

你的兒子真聰明。

7 Dia sangat gesit dalam menyelesaikan pekerjaan.

底亞 傷阿 個西 答爛 ㄇ呢勒曬敢 ㄅ個扎安

他做事動作很快。

8 Anak perempuan anda sangat penurut.

阿納 ㄅ冷不安 安答 傷阿 ㄅ怒路

你的女兒真乖巧。

9 Menu di restoran itu sangat lezat.

ㄇ怒 地 勒斯多爛 一度 傷阿 勒扎

那家餐廳的菜色很棒。

10 Hasil ujian saya kali ini sangat bagus.

哈西 午機安 沙亞 嘎里 一尼 傷阿 巴故斯

我這次的考試成績很好。

一說就會練習區

❶ Gadis ini sangat cantik!

嘎地斯 一尼 傷阿 沾地

這位小姐真美！

Gadis ini sangat tinggi!

嘎地斯 一尼 傷阿 定ㄍㄧ

這位小姐真高！

Gadis ini sangat kurus!

嘎地斯 一尼 傷阿 故路斯

這位小姐真瘦！

Gadis ini sangat lincah!

嘎地斯 一尼 傷阿 令扎

這位小姐真活潑！

❷ Menu di hotel ini sangat bervariasi.

ㄇ怒 底 貨得 一匱 傷阿 ㄅ巴里亞西

這家飯店的菜色很多。

Menu di hotel ini sangat terkenal.
ㄇ怒 底 貨得 一匿 傷阿 得個那
這家飯店的菜色一流。

Menu di hotel ini sangat lezat.
ㄇ怒 底 貨得 一匿 傷阿 勒扎
這家飯店的菜很好吃。

❸ Anak perempuan anda sangat patuh.
阿納 ㄅ冷不安 安答 傷阿 巴度
你的女兒真乖巧。

Anak perempuan anda sangat penurut.
阿納 ㄅ冷不安 安答 傷阿 ㄅ怒陸
你的女兒真聽話。

Anak perempuan anda sangat pandai.
阿納 ㄅ冷不安 安答 傷阿 班代
你的女兒真聰明。

Anak perempuan anda sangat pendiam.
阿納 ㄅ冷不安 安答 傷阿 本底安
你的女兒真文靜。

❹ Pemandangan matahari di tepi pantai sangat cantik.

ㄅ滿當安 媽搭哈里 底 得比 班代 傷阿 沾底

海邊的夕陽很美。

Sejarah candi sudah terkenal sejak lama.

使扎拉 沾地 書答 得個納 使扎 拉媽

歷史悠久的佛塔很有名。

Sawah bertingkat kelihatan sangat kokoh.

沙哇 ㄅ定嘎 個里哈但 傷阿 鍋鍋

梯田風光很壯觀。

 聊天室

Siti :	Apakah ini rumah baru anda? 阿巴嘎 一尼 路媽 巴路 安答	西蒂：	這間就是你的新房子嗎？
Arina :	Betul, silahkan duduk! ㄅ度，西拉敢 都度	阿麗娜：	是的，隨便坐吧。
Siti :	Rumah ini sangat besar. 路媽 一尼 傷阿 ㄅ沙	西蒂：	這房子也蠻大的呢。
Arina :	Lebih luas dari rumah saya yang dulu. 勒比 路阿斯 搭里 路媽 沙亞 樣 都路	阿麗娜：	比我以前住的那間大很多。

Siti： Sinar rumah ini juga bagus. 西蒂： 採光又好。

西納 路媽 一尼 朱嘎 巴故斯

聊天室

Arina： Silahkan masuk rumah saya lihat-lihat.

西拉敢 媽書 路媽 沙亞 里哈-里哈

Siti： Wah! rumah anda di dekorasi seperti kerajaan di Austria(Eropa).

哇！路媽 安答 底 得鍋拉西 使ㄅ 地 個拉扎安 底 阿午斯底亞(ㄜ羅 吧)

Arina： Ini saya dekorasi sendiri.

一尼 沙亞 得鍋拉西 身地里

Siti： Hebat sekali, pasti menghabiskan banyak waktu.

和巴 使嘎里，巴斯地 盟哈比斯敢 巴娘 哇度

Arina： Pasti sudah menghabiskan banyak uang.

巴斯地 書答 盟哈比斯敢 巴娘 午 骯

阿麗娜：進來我的房間 參觀一下吧。

西蒂： 哇！你佈置得 好像歐洲宮 一 樣。

阿麗娜：是我自己設計 的。

西蒂： 真厲害，一定 花了不少心 思。

阿麗娜：錢也花了不少 了。

單字易開罐		
印尼文	拼音	中文
tinggi	定ㄍㄧ	高
kurus	故路斯	瘦
lincah	另扎	活潑
patuh	巴度	乖巧
pandai	半代	聰明
pendiam	本地安	文靜
ternama	得那媽	一流
kuno	故諾	古蹟
terkenal	得個那	有名
kokoh	鍋鍋	壯觀
bersinar	ㄅ西那	光亮
cahaya	扎哈亞	採光
dekorasi	得鍋拉西	裝潢
silau	西老	燦爛
mengerjakan	盟亡扎敢	做事
tidak buruk	底答 不路	不錯
anak kecil	阿納 個機	小孩子
anak	阿納	兒女
pinter	兵得	優秀
hebat	和巴	厲害
cantik	沾地	漂亮
bangga	邦喀	得意

印尼語系列：08

易學! 暢銷!
我的第一本印尼語會話

著者／阿麗拉斯密
出版者／哈福企業有限公司
地址／新北市板橋區五權街 16 號
電話／(02) 2808-4587　傳真／(02) 2808-4587
郵政劃撥／31598840　戶名／哈福企業有限公司
出版日期／2019 年 11 月
定價／NT$ 349 元 (附 MP3)

全球華文國際市場總代理／采舍國際有限公司
地址／新北市中和區中山路 2 段 366 巷 10 號 3 樓
電話／(02) 8245-8786　傳真／(02) 8245-8718
網址／www.silkbook.com　新絲路華文網

香港澳門總經銷／和平圖書有限公司
地址／香港柴灣嘉業街 12 號百樂門大廈 17 樓
電話／(852) 2804-6687　傳真／(852) 2804-6409
定價／港幣 116 元 (附 MP3)

email ／ haanet68@Gmail.com
網址／ Haa-net.com
facebook ／ Haa-net 哈福網路商城

國家圖書館出版品預行編目資料

易學! 暢銷!我的第一本印尼語會話 / 阿麗拉斯密　著. --
新北市：哈福企業, 2019.11
　　面；　公分. -- (印尼語系列；08)

ISBN 978-986-98340-1-8 (平裝附光碟片)

1.印尼語言--會話

803.9118